やすらかに今はねむり給え
道

hayashi kyōko
林京子

講談社文芸文庫

目次

道　七
やすらかに今はねむり給え　六九
便り・一九九三年版あとがき　一八八
追伸・著者から読者へ　一九二
解説　青来有一　一九四
年譜　金井景子　二〇三
著書目録　金井景子　二一一

やすらかに今はねむり給え・道

道

長崎に着いた翌日、私は、田中先生を訪ねた。先生が甘党なのか、辛党なのか、好みを知らない私は、浜町のデパートでウィスキーボンボンを買った。そこから二、三分、アーケード街を西浜町まで歩き、市電に乗って諏訪神社前でおりた。買い物包みをかかえた、黒いスラックスの女が、私に続いておりた。

腰が太い、主婦らしい女は、おりると年末大売り出しで賑《にぎわ》う通りには目もくれずに、前のめりになって、足早く歩いて行く。あと十日もすれば、昭和五十一年の正月がくる。女は、まだ年越しの大掃除を済ませていないのだろう。A市にある私の家も、一年間のすすを天井から垂らしたままになっている。主婦である私には、女の、それらしい気ぜわしさがわかるのだ。

停留所から五十メートルほど前方に、諏訪神社の石段がみえる。長崎の人は、七十三段あるこの石段を、なが坂、と粋《いき》に呼ぶ。

電車道からなが坂に続く、ゆるい勾配のだらだら坂を、私は女につられて、せかせかと登っていった。

田中先生との約束は二時半である。約束の時間までには、まだ三十分はある。先生の家は、諏訪神社から歩いて五分で行ける。私は「デモ隊にぶつかるといけないから」と急《せ》かせる姉の忠告に従って、三十分余分に所用時間を組んで、正午少し前に、昭和町にある姉の家を出た。

二転三転した原子力船「むつ」の母港が佐世保港になるらしいニュースが報道されて、街は、反対デモの隊列で交通は渋滞がちだ、と言う。

しかし街に出てみると、姉の配慮は無用のものだった。昭和町から爆心地の松山町を通って浜町に抜ける道は、以前に比べ倍の道幅に拡がり、シグナルだった交叉点も陸橋に変っている。そのため車の渋滞は解消され制限時速を軽く越えた車が、陸橋の下を淀みなく走り抜けて行く。デモ隊もいない。

デモ隊、交通渋滞、浜町での買い物と考慮に入れた余分な三十分は、バスと電車の乗りつぎまでが上手《うま》くいきすぎて、そっくり浮く結果になった。学校に行こう、と私は思った。

二、三日後に予定していた母校の訪問を先に済ませてしまえば、これから訪ねて行く田中先生との話も、具体的に聞かれるのではないか。

原子爆弾で死亡したN先生と、T先生の墓が長崎市内にある、と同級生のきぬ子が手紙をくれたのは、私が長崎に発つ三日前である。

N先生とT先生の死亡前後の事情は、生物教師の田中先生が詳しく知っているらしい、先生もそろそろ七十歳になります、と書いてある。年末の気ぜわしさはあるが、ことさらに先生の年齢を書かれると、それが気にかかった。私は、留守を頼む息子のためにハンバーグとグラタンの冷凍食を一週間分買いこみ、すぐに長崎に発った。

N先生とT先生は、私たちN高女三年生、約三百名の学徒動員について、昭和二十年五月、三菱兵器工場に出向した教師である。

大橋にあった兵器工場は、原爆爆心地の松山町百七十番地、テニスコートの中央部から一・四キロの距離にあった。工場は魚雷を製造しているといわれていたが、秘密保持のためか、資材不足のせいか、私たち学徒は、ねじを磨いたり、工場から排出される青写真や鼻紙の紙屑再生に従事していた。

その仕事も八日近くになると暇になった。

学徒の一部は兵器工場の疎開について、トンネル工場や城山国民学校に分散されて、兵器工場に関連した作業に携《たずさ》わった。三つの職場を巡回して生徒の監督にあたったのが、三人の先生である。三先生とはN先生、T先生にあと一人K先生を加えた三人で、三人とも女性である。年齢もほぼ同年で二十四、五歳、独身だった。

K先生も被爆している。終戦後広まった噂によると、兵器工場で即死したのがTとKの両先生。N先生だけが九日以後、一月ばかり生きていたという。事実、私は八月九日から三日目の十一日、長崎市から約二十二キロ離れた喜々津の海辺で、N先生に逢っている。三先生の死は疑う余地はなかった。それでいて、死亡の時の様子になると話は曖昧になった。らしい、らしいと噂話ばかりで「誰が見た」と断定する話は一つもない。

特にK先生の場合、即死、の噂だけで、神かくしにあったように細部の消息は知れなかった。三人の死は八月九日の混沌としたその時に放置されたまま、三十年間、私の内でくすぶって来た。できることならば、確実な死の様子を知りたい。死を確かめることは、三先生が生きていた証《あかし》にもなる。それが生き残った私に課せられた師への供養に思える。先生のためばかりではない。私も、もう身軽になりたい。確かめた死の一つ一つを、私の八月九日から剝ぎとって、あの日から抜け出したい。

さいわいT先生とN先生の墓まいりには、一人暮しのきぬ子が付き合う、という。十年ぶりの再会もうれしい。決心がついたら早い方がいい。片道数時間かかる新幹線よりも、二時間で着いてしまう飛行機がいい。それに一度、空からの長崎の街を、私は眺めてみたい。

高度七千八百メートルの上空を、水平飛行を続けた長崎行き全日空、六五一便は、左に旋回しながら午前十一時二十五分、大村空港への着陸態勢に入った。機内服から制服のスーツに着換えたスチュアーデスが、座席ベルトをしめるように、客に指示した。私は指示に従ってベルトをしめた。そして窓の外を見た。

朝九時三十分、羽田を発つとき快晴だった空は、九州上空にかかった頃から、雲が湧きはじめていた。それが一、二分の間に眼下は機影を写す、一面の雲になっている。

仏のみひかり、というのだろうか、雲の上に小さい虹の輪がある。この光輪に出逢えば吉とも、不吉とも言われている。初めて遭遇する虹の輪と、雲海を眺めながら、昭和二十年八月九日の、長崎上空の雲のさまを、私は思っていた。

八月九日午前十一時二分、有明海から島原半島北部上空を経て、長崎上空に侵入したB29二機は、猫の目ほどの雲間から長崎市を視認し、原子爆弾を投下した。

記録によると、その時の雲量は八。爆弾投下の午前十一時二分は、六五一便が大村空港へ着陸態勢にある、ほぼ同時刻。雲の量と時刻から推測していけば、あの日の長崎上空も眼下に展開する、光輪を包む淡くあかい光と雲に、似かよっていたのではないだろうか。

刻刻に移り変る目の下の雲は、いま、また太陽に向かって伸びながら、形を崩して散りはじめている。その中を、機首を下げた六五一便は、小刻みに機体を揺すりながら降下していく。

雲の層を抜けると、いきなり長崎の野と山と、道に付いて群がる人家が現われた。

空から見おろす街には、白い洗濯物が空一杯に干してあり、丘を登る人かげがみえる。新築したばかりの青い屋根瓦も大空に向かって、のどかに光っている。

街は、雲の量に反して、光が溢れていた。

私の記憶にある八月九日も、記録の雲量にそぐわぬ光が、街に溢れていた。長崎攻撃をしたB29の機長は、鍛えられた俊敏な頭脳で、猫の目のような雲の切れ目から一瞬の間に、光った街をみてとり、原爆投下を命じたのだろう。

私は、椅子の背に体を硬ばらせて、迫りあがってくる無心な街を眺めていた。

母校のN高女は、田中先生の家の筋向かいにある。現在は男女共学の高等学校になっているが、校名が改正されただけで、私の母校には違いない。あの頃二十代だった先生は定年を前にして、まだ後輩たちを教えているだろう。八月九日の過去は、学校の歴史の中でも重要な出来ごとだから、死亡した生徒、先生の姓名も書き止めて、記録として保管してあるはずだ。調べれば、K先生の消息もわかるかも知れない。

私は諏訪神社を右に折れて、しっぽく料理で名が通っている富貴楼の石垣にそって、歩いていった。

昨日に続いて、空には雲が厚くかかっている。しかし道には、雲の上のふんだんな陽の光をおもわせる、不思議な明るさがあった。

簡易舗装の小石が浮いた道は、なだらかな上り坂になっている。つぼ焼きいもの匂いがしてきた。三十年前にも、道にはつぼ焼きいもの匂いがしていた。その先にN高女はあった。

校長室に通じる表玄関に、黒板が立てかけてあった。「ここは、生徒の通用口ではありません」と注意書きがしてある。私が通学していた頃も、同じ文書の注意書きが、同じ場所に立てかけてあった。

表玄関は校門から十二、三メートル、遅刻して駈け込むのには都合がいい場所にある。生徒たちは始業ベルを、つぼ焼きいもやの前あたりで聞き、泥靴のままばたばた駈け込んで来るのだろう。

私が表玄関から校舎に入った記憶は、在学中に二回しかない。一回は母に連れられて転校試験を受けにきた、昭和二十年の三月。

一回は、それから五ヵ月後の八月九日、三菱兵器工場で被爆して、無事を校長に報告した日。いずれも私にとっては、特別な出来ごとの日になる。

校則にあるわけではないが、表玄関は、来賓と生徒の父兄、それと教師たちの特別な出入り口になっていた。注意書きの裏にかくされている教師と生徒の主導権争いは、私たちの時代と同じ単純な形で、いまだに続いているらしかった。そのことが私にはおかしく、懐かしくもあった。

校舎内は授業中らしく、静かである。西陽が斜めにさす玄関に立って、私は受付けのガラス窓をあけた。女事務員が振りむいた。「八月九日の、犠牲者名簿を見せていただけますか」卒業年度と旧姓を告げると、サンダルばきの女事務員は、私を校長室に案内した。ご用件は、と灰色の背広を着た校長が聞いた。鉄ぶちの眼鏡をかけた校長の、まるい目の玉をみながら、八月九日の、犠牲者名簿を見せていただけますか、と同じ言葉を繰り返して、私は言った。

「N高女の書類が、まだここにあったの?」

校長が意外そうな表情をした。私には、校長の言葉が意外だった。二人がそれぞれに怪《け》訝《げん》な表情で女事務員を見ると、あった、と思います、と三十五、六歳の事務員は笑顔で答えた。

「そう、じゃあお見せしなさい」と持って来るように言い、西陽に向いたソファーに私をすすめた。

定年近い校長は、数ヵ月前に他の高等学校から赴任したばかりである。雑用が山積して学校の歴史を振り返って勉強する暇が、まだありません、と近況を説明して、

「あなたは被爆されたのですか」と尋ねた。

はい、外傷はありませんでしたけれど、と私が答えた。それは、それは、と窓の下を通るトレーニングパンツの男生徒を眺めて、校長が言った。

ライトブルーのトレーニングパンツが筋肉にそって、汗で濡れている。雑炊育ちの私たちの時代とは違って、肉ばかり食べて育った後輩たちは、体温が高そうな逞《たくま》しい足をしている。変った、と私は思った。

戦後間もない頃だったと思う。地元の新聞は原子爆弾で行方不明になっている生徒たちに〝生徒は直ちに帰校〟と呼びかけ、「学に活かせ尊徳精神、考え直そう偉い人の観念」と新教育方針を掲載したことがある。いわゆるマッカーサー司令部の通達で、偉い人の観念は改められて、私たち生徒は使用している国定教科書の人物像を、墨で削除させられた。愉快なのは、既に習ってしまった頁にまで、墨を塗らされたことである。

「覚えちゃいましたあ」わざと東京弁を真似して、私たちは墨を塗りながら皮肉を言った。印刷された文字の上に墨を塗ると、活字の脂が墨を弾いて、鉛色をした文字がはっきりと浮いて出る。浮き出した墨の下の文字を拾い読みし、一方で私たちは、百八十度転換した戦後の新教育も受けた。

変った、のはその時からで、いまさら驚くことではなかった。私はそこに気づかずにいた。校名の改正ぐらいと単純に考えて、学校制度そのものが違っていたことを忘れていた。その時点で、母校N高女はなくなっていたのである。

女事務員が薄い綴じ込みを持って、入ってきた。綴じ込みの書類を、校長の前に置いた。

「来年になると校舎の移転がありますし、これを機会に、N高女の書類は一括して、N高女の同窓会か、何処か、確実な機関に保存していただくといいですね、貴重な書類ですから」と校長が言った。

校舎移転の話は、私は初めて聞く。移転するんですか、と尋ねると、校長は、ええ、とうなずいて、国道になるんです、交通渋滞のネックになってましてね、この校舎が、と答えた。道路拡張のために校舎は取りこわされて、校庭の一部が残るだけだ、という。

校舎を記念館として保存する話は、N高女の同窓生や、新制高等学校の卒業生間で、持ち出されなかったのだろうか。

校長は、パテが落ち、赤さびがついた窓枠を指した。

「記念館の話もあったらしいですが、残すとなると補強の金が大変らしいですよ。ご覧のように原爆では相当の被害がありましてね」

その通りなんです、八月九日は建物も人間も大変だったんです、と私は校長の言葉を取って言った。

「この部屋にも、重傷の生徒が収容されたんです。二学期の始業式に、生き残った生徒たちで大掃除をしたんです」

突然な話に校長は、ほう？　と話を待つ表情をした。

「床板に火傷をした生徒の皮が貼りついて、こすっても取れないんです」

校長が厭な顔をした。でも本当なんです、と私は、当時の情景を頭の中で確かめながら、校長に言った。

いや、よくわかります、と校長は言って、犠牲者名簿ですね、と軽く頭をさげて書類を私の前に置いた。書類は紙こよりで中央を綴じた、美濃紙を二つ折りにした五十頁程のものである。

女が書いたらしい、角がまるい優しい毛筆で、表紙に、「昭和二十年八月九日、御国に召されし学徒並びに教職員の原子爆弾による犠牲者名簿」とある。

私は、暫く表紙の字句をみつめていた。そして御国に召されし、と声に出して言ってみた。言葉と声は、他人のもののように空空しく私の耳に響いた。

私は痛んだ表紙を破かないように、最初の頁を繰った。「第一学年」と書いてあった。その頁に、私は目礼をした。

書類は、死亡報告を受けた生徒名を順次、書きとめていったものらしく、姓の音訓も、死亡月日も前後している。墨汁のペン字に混って、「行方不明」と赤インキのペン字がある。

死亡月日は八月九日、十日の二日間に集中し、死亡者は二十二、三名。学年別にみれば、犠牲者は少ない方だ。しかしあの頃一、二年生は夏休みを返上して、学校内のミシン室で、傷痍軍人の白衣を縫っていた。

N高女がある西山地区は、爆心地から直線距離で四キロは離れている。それに市内を縦走する金比羅山の山なみが、閃光の遮蔽物《しゃへい》になって、直接の死者は出ていないはずである。

死亡者は、浦上地区に自宅があった生徒たちだろう。病気欠席者か、あるいは九日の朝に長崎、佐世保地区に発令された空襲警報の解除を待って、登校の準備をしていた者か。

警報は朝八時三十分に解除されている。原子爆弾投下の十一時二分まで、二時間三十分の時間がある。早朝から空襲警報が発令された日は、一日じゅう小刻みに空襲警報が発令される。警報が発令されれば、登校しなくともいい。暫く空の様子をうかがっているうちに一、二時間は経ってしまう。

死亡日が記入されていない、あるいは行方不明の生徒は、登校の途中で被爆死した、遺体がみつからない生徒たちだろう。

私は三年生の頁を開いた。朱色の罫の頁に呼びなれた友達の姓名が、書いてある。私は改めて目礼をした。

「あなたの学年、ですね」と校長が言った。

私は無言でうなずいた。一人一人の姓名を丁寧に黙読し、買ったばかりの新しいメモ帖に書き込んだ。

死亡日は一年生同様、八月九日が八割を占めている。間違いがないように、指を折って死者の数を数えてみると、五十一名、死んでいた。一年生から四年生まで、全校生徒の死亡者を数えてみた。百六十六名が死んでいた。

最後の頁に、教職員の犠牲者が綴じてあった。思ったよりも少なく、全員で四名、筆頭に、T先生の姓名が書いてある。死亡月日は、即死と噂されている八月九日。

私はN先生とK先生の死亡欄をみた。二人の欄は、空白になっている。きぬ子の手紙では、N先生は九月七日に死亡している。死因は第二次放射線障害による原爆症。

K先生については、皆目わかりません、と書いてあり、ですが噂通り即死説が強いようです、とだけあった。それならば、九日と記入してあるはずだ。

空白の欄は、遺体がみつからない、という意味か、それとも即死ではないのか。犠牲者名簿にK先生の死亡が届けてあるかぎり、先生の死を見とって、死亡報告をした者はいる。いずれにしても、田中先生に逢ってみることだ。

「何か、わかりましたか」校長が首をかしげて聞いた。N先生の名前が、私と同じS子なのです、と私が答えた。

N先生が、私と同じS子だということを、犠牲者名簿をみるまで、私は知らなかった。ささいな発見だが、知るきっかけが犠牲者名簿であるだけに、三十年間も知らなかった奇妙な感動があった。

記録は、これ一冊きりなのか、側に立って待っている女事務員に、私は聞いた。

それだけです、と女事務員が返事をした。

九月半ばで終っている綴じ込みを、私は女事務員に返した。美濃紙の、柔らかい頁が手渡す拍子にめくれて、書類は軽かった。

軽さが、私には不思議だった。繰っても繰っても終りがない重さが、私の内にはある。

田中先生の家は、道路に面した二階家である。木の格子戸の古い家で、玄関は、道より二十センチばかり低くなっている。

五十一名の姓名をメモしているうちに、五分ほど時間が超過し、約束より遅れて私は田中先生の家の、玄関に立った。

黒い開衿シャツに灰色のカーディガンを着た先生は、待っていて「あなたを教えたかな」と上機嫌で、二階の書斎に案内してくれた。

部屋には陽がさしていたらしく、畳は暖かかった。二階は、道に面した表の八畳間と、襖を境いに書斎の八畳がある。書斎は、裏庭に面している。

腰高の、窓の障子を先生が開けた。

「原爆の頃、僕の家から下の川ね、あの川まで一面の空地と防空壕でね、N先生や生徒の遺体を、僕が立ちあっただけでも、三十体は焼きました」

山茶花が一本、白い花をつけて裏庭に咲いている。木のすぐ際から、西陽を受けた人家の屋根が、川に下る坂道にそって、びっしり連なっている。空地はなくなっていた。

「あの日、僕は退院したばかりでね、十ちゅう八、九は、僕は空地で焼かれる運命にありましてね」

七月上旬から八月八日まで、先生は浦上にある長崎医大附属病院に入院していた。爆心地から約千五百メートルの距離で、同じ地区にあった医科大学は、教職員あわせて八百数十名の死者を出している。

田中先生の病名は腸カタルである。なんでも食いましたから、カタルにもなりますよ、と先生は口の端で笑った。

退院許可が出たのは八日の朝、軍医あがりの老内科医が、先生を医務室に呼んで、待望の家に帰りますか、と退院の許可をくれた。

先生はその場で電話を借り、自宅の夫人に夕方迎えに来るように、電話をかけた。

長崎の夏は、暑い。光の中に棘があって、剣山で素肌をさすような暑さである。

病後の体に日中の退院はこたえる。

先生は身の廻りの品を風呂敷に包んで、夕方を待った。夫人が迎えに来たのは、夕方の六時をすぎていた。

帰り仕度を整えて、ベッドに坐っている先生を見て、気が早い方、と夫人は笑った。そして人力車を探してきますから、と病室を出て行った。

食糧不足の時代である。街をながして客を探す人力車はないが、病院の庭には常時、三、四人の車夫が客を待っている。その日に限って、人力車は一台もない。

「仕方ありませんね、電車では無理ですし、あすの朝まで我慢して下さいね」

西山から人力車をつれて迎えに来ます、と夫人は風呂敷包みを一つ、胸に抱いて帰っていった。

「あなたはゆっくりすぎるんだ、夕方といえば四時だって夕方なんだよ。ここで涼しくなるのを待つことだって出来るのだからね」先生は文句を言って、ベッドに横になった。四、五分も過ぎただろうか、帰ったはずの夫人が、みつかりましたよ、と一人の老車夫をつれて、病室に入って来た。老車夫はたったいま、浜町から小学生の入院患者を乗せて来たばかりという。

老車夫は肩で息をしていた。西山まで折り返しは無理だろう、と思いながら、行ってもらえますか、と先生は頼んでみた。

「あすの朝なら行きまっしょ」老車夫は素っ気なく言った。料金は、はずませてもらいますよ、先生が気を引くと、

「金をもろうても、いまどき仕方なか」と帰りかける。お米なら行ってくれますか、夫人は汗が流れる老車夫の腕をつかんだ。老車夫の目が、素早く、先生と夫人をうかがった。

「たのむよ」風呂敷包みを先生が押しつけると、老車夫は、うちは浦上にあっとですもんね、行って帰れば真夜中になってしまう、と苦情をいいながら、承知した。

西山の家に着いたのは、夜九時をすぎていた。約束の米を渡すと、老車夫は空になった車をひき、灯火管制の闇の道をほいほい、と口で拍子をとり、浦上に駈けて帰った。

隣家の、三坪ほどの狭い庭に、赤い柄のスコップが放り出してある。子供が泥遊びをしたらしい。掘りおこした庭の隅の土が、黒く湿っ気ている。

「うっかり掘ったりして、人骨が出てきませんか」気にかかるままを私は口にした。人骨という言葉にこだわったのか、先生は答えなかった。隣家の庭をみつめていた先生は、

「翌日、八月の九日、朝六時をすぎたばかりだったなあ、T先生が我が家を訪ねましてね」

珍しく訪ねて来たT先生は、退院の祝いをのべると、いまから工場です、と元気のいい声で言った。

「しかし、なぜこんなに早いんです」

「早出のN先生が急用で、今朝は県庁に行かれるんです。きょう私は遅出なんですが、N先生と交代です」

生後八ヵ月になる田中先生の長女を抱いてT先生は、あやしながら諏訪神社の停留所に

大またで歩いて行く。夫人が、慌てて後を追った。

「背が高い、快活な人でね、あの朝も白いブラウスを着て、娘を空に高くあげながら、歩いていかれて……きゃっきゃ、娘がはしゃぐんだなあ」

T先生も抱かれた娘も、楽しくて仕方がない、って感じでね、だから一層やりきれないのだ、と田中先生が言った。

T先生は、白いブラウスを好んで着た。糊が効いた綿ブラウスの胸につけた校章が、ただ一つの飾りで、薄桃色の肌を、金のふちとりをした校章が引きしめていた。

金のふちとりは、N高女の専攻科の記章である。私たち本科生は同じデザインの、銀のふちとりのものである。T先生は、専攻科の家政科を卒業して、私たちに家事を教えていた。教師の立場よりむしろ先輩、後輩として私たちに接していたようだ。そのため、感情をあらわにして生徒を叱ることがあった。

きぬ子は、はでな雰囲気を持っているせいか、よくT先生に叱られたらしい。転校生の私にT先生は興味をもったらしく、先生が本科生の時に使っていた銀の校章を、私にくれた。

T先生は光った、細い栗色の髪の毛を額の中央から分けて、頭の形にそってきつく、後で束ねていた。背が高く、生徒を叱るとき、長身の背をぐっ、と伸ばして、けぶったようにみえる栗色のまつ毛の目で、生徒を見つめる。

私は、T先生のその目が好きだった。

T先生の後姿が、富貴楼の石垣で見えなくなってから、田中先生は二階にあがった。退院の疲れが出て、また床に入った。

眠ったらしかった。書斎にねていた先生は、不意に掛け布団をはぎとられた。無茶をするな、と怒鳴って起きると、部屋には誰もいない。着ていた夏掛けの薄い布団は、開け放した書斎の窓にひっかかって揺れている。

表の部屋の、窓ぎわに置いてあった足踏みのシンガーミシンが、先生がねている布団の枕許にある。改めて部屋を見まわすと、表の部屋の畳が二枚、メンコ遊びの札のように、めくれている。めくれた畳の上を通らなければ、ミシンは先生の枕許には近づけない。

ミシンが空を飛ぶだろうか——

直撃だ、と田中先生は、階下の夫人を呼びながら、階段を降りた。

「光りましたよ」

長女を抱いた夫人が、おしめの袋をさげて階段の下で震えていた。そういえば、夢の中で閃光をみた、と先生は思った。

学校かもしれませんよ、と夫人が言った。

金比羅山の管制塔から空襲警報が鳴りはじめた。道路に出てみると、諏訪神社の上空が赤黄色く、濁っている。

田中先生は、空地の防空壕に夫人と長女を避難させた。それから腹を両手で押さえて、学校に走った。

道路は一面のガラスである。しかも積りながら、まだガラス片はちかちかと揺れている。

走ると、ガラス片はゲートルの脛に弾ねてくる。このガラスは、何処から降って来たのだろうか。木と紙で建てられた家並に、これほどのガラスの量はない。

先生は屋根を、何気なく見た。瓦が一枚もなかった。白く乾いた土だけが残っていて、瓦は道にも落ちていない。何処かからガラスが降ってき、代りに瓦が何処かの街に飛んで行った――先生は立ち止って、丹念に、真昼の通りを目で追った。瓦があった。下から上に、瓦は屋根の勾配をせり上って、嶺で、魚の鱗をこそいだように重なり合っていた。

空襲警報が解除されたのは、約一時間後の十二時五分である。登校していた一、二年生の生徒たちは、下校をはじめた。市内の電話回線は、九十パーセントが不通になっている。

一応下校の態勢をとるが、途中で生命に危険を感じた場合、学校に引き返すこと。校長は生徒に訓辞して、各家庭に帰した。

校舎の被害はひどかった。一階から四階までの教室と廊下のガラスは、残らず割れている。ガラス類は、実験室のビーカーやフラスコまで割れていた。

道路に積ったガラス片は、爆風で吹き散ったN高女の窓ガラスである。

「しかし、あの緑色の光線、何だと思われますか」校長が、声をひそめて田中先生に話しかけた。田中先生は、長崎医大附属病院の内科医に見せてもらった、ドイツの雑誌記事を考えていた。中立国のスイスを経て入手した雑誌で、「V2に勝る新兵器、原子力の開発」という記事である。

内科医は記事を指して、いわゆる殺人光線です、使用されればお手あげですが、そこまで人間が殺りくに徹底することが出来ますか、人間同士の善意を、というよりも叡智を信じています、と言った。

田中先生は、内科医の話を、しゃべろうとした。しかし、さあ――と言葉をにごした。光が、内科医が懸念した殺人光線であるなら、どこか、現在、田中先生の目にはふれていないが、それほど遠くない身近な場所で、大量の殺りくが起きている。

「このまま終るとは思えませんから、とにかく食事を済ませてしまいましょう」

校長の提案で腕時計をみると、十二時半をすぎている。田中先生は昼食を食べに、自宅に帰った。

空は、消し炭色に曇っていた。その下の、金比羅山の稜線に近い空に、夕立の前ぶれを思わせる金箔の、沈うつな雲がある。

道に、先生一人が立っていた。静かだった。

静かな街の、山一つ越えた金箔の雲の下の街で、何かが、確かに起きている。先生は、山なみにかかる金箔の雲をみて、身震いをした。

書斎の空気が冷えてきた。田中先生は書斎の障子を閉めて、自動点火の石油ストーブに火をつける。揮発性の、目にしみる匂いが、部屋に充満した。

「暖かいけれど、これがいやでね、石油の匂いは大丈夫?」と先生が聞いた。

「子供の頃、自動車のガソリンの匂いは好きでしたけれど、大人になったら、あれも駄目です」

「ああ、あれは夢があるいい匂いだった」

先生も目を細めた。

「N先生たちを焼くときに、誰かが石油を調達してきてね、死体にかけるんですね。嗅覚という奴は、その時時の情景まで合せ持っていてね」

煙草に火をつけて一服ふかく吸い、先生は匂いをまぎらした。私は「ごめんなさい」と頭をさげて謝った。先生は、ごめんなさい? と不思議そうな表情をみせた。私は、さっき人骨と言った自分の無神経を詫びた。

先生は私の真意を察したようだった。あの日、一番初めに帰校した生徒が、この空地の最初の客になってね、骨が細い、生徒でね、と目を閉じた。

被爆地の工場から最初の生徒が帰校したのは、午後三時すぎである。

動員先の教師からは、何の連絡も入らない。

長崎市が爆撃を受けた場合、職場に直接関係がなくとも、学校へ報告の義務がある。電話は不通であるが、時間の経過からみて、何らかの方法で連絡があっていい頃だ。

校長と田中先生は、校門に立った。諏訪神社方面から、ガラスの道を、少女らしい背恰好の二人が素足で歩いてくる。少女らは、水田の泥を塗りつけたように、全身が赤茶気ていた。

田中先生は泥人形のような二人を、なぜだろう、と眺めていた。背が高い少女は比較的元気で、しっかり歩いてくる。一人の少女は元気な少女に肩を支えられ、引きずられながら歩いてくる。

瞬間、田中先生の脳裏に、光と金箔の重い雲が交叉した。田中先生は、思わず校長の腕を平手で叩いて、血です、うちの生徒じゃないですか、病後の体を忘れて駈け出した。どうした、と引きずられている少女を、先生は抱きとった。そして息をのんだ。顔がなかった。怪我は火傷によるものらしく、顔は白濁した液を溜めて腫れている。目もない。鼻もない。唇もない。ただ、針で突いたほどの小さい鼻腔が、少女の顔の、少女らしい柔らかさをとどめていた。「何年生か、名前をいいなさい」後を走って来た校長は、落ち着いていた。背が高い少女が、校長先生、と呼びかけた。早よう、みんなを助けにいってあげて下さい、死んでしまう、と言った。顔のない少女も、何事かを訴えようと、顔を校長に向けた。しかし声に出す力がなかった。

学校の、御影石の門柱に火傷した体を寄りかけて、目のない顔面を、校舎の方に向ける。

「学校だよ、安心しなさい」

先生は、血でぬれた少女の髪を撫でた。少女は、大きくこっくりをした。そして先生の手のひらに頭をあずけて、死んだ。

遺体を、校長室の長椅子に寝かせて二日間、父兄の遺体引きとりを待った。家族も死亡したのか、少女の引きとり人は来ない。痛んだ遺体は腐りが早い。手や足の肉が、黒さを加えて骨から離れ始めた。焼いて、骨で残すより方法はない。

生れてはじめて、田中先生は人間を焼いた。

教え子を焼く校長も田中先生も、空地を這いながら消えていく煙の中に、長い時間たっていた。

「あなたは覚えているかな」我は日本人なり、N高女報国隊、何の何子。制服の胸に名札をつけていたでしょう、と聞いた。

当時私たちは、自分の祖国に住みながら、我は日本人なり——必ず名札の上部に、墨で書かされていた。

「門柱にすがったまま死んだ生徒の胸に、それが読めてね、ぼろ布のような姿と、あの重い言葉が、あまりにもちぐはぐでね」

「痛かったでしょうね」と私が言った。あの同じ日、私は手首に小さい粒粒の火傷を負った。夜になると全身の神経が、小さい火傷に集中して疼いた。全身の火傷は、私には想像もできない。

「なにに対する、我は日本人なり、だったんでしょう」

長い期間、不審に思っていた疑問を、私は聞いた。

「単純に、戦意昂揚、そう解釈した方が気楽じゃないですか」年かな、と深く考えたくない様子で、先生が笑った。

「何年生でしたか」

「三年生、そう、あなたも当時三年？」同学年だな、名前は何といったかなあ、と額に人差し指を押しつけて、考える風をした。

「忘れた、次次に忘れてしまう」

私はハンドバッグから、メモ帖を出した。乱雑な字で書き写した五十一名の姓名を、先生に見せた。メモ帖の姓名を指で追いながら、この生徒かな、この生徒かなあ、と口の中で読んでいく。ふと私は、先生は忘れてしまいたいから、忘れたふりをしているのではあるまいか、と思った。

八月九日夜九時すぎ、二人の生徒の報告を受けて浦上、大橋方面に救援に出た男性教師が帰って来た。国語教師と美術の教師である。

一緒に、数名の生徒が帰って来た。生徒らは、みな元気だった。それまで老人のように押し黙っていた少女たちは職員室に駈け込むと、一せいに大声をあげて、泣きだした。腹の底から声をはりあげて、子供のように、ただわあわあと哭いた。哭くことで、いま見てきた哀しさを忘れてしまって欲しい、と田中先生も、もらい泣きした。

二人の教師は、重傷者を背負っていた。校長は、美術の教師が背負っている重傷者を抱きおろして、先生がたには逢いませんでしたか、と聞いた。

「音楽の、K先生です」美術の教師が、校長の腕の中の重傷者を指した。校長は、美術の教師の目をみて、何回もうなずいた。ごくろうさまでしたね、と誰にともなくいった。

「N先生は午前中県庁にいたはずです。今朝T先生に聞いたばかりです。T先生だって元気な人だ、兵器工場で生徒の救出をしているのではありませんか」

「生きていりゃあ、目につきます。死人ばかりなんですよ、浦上も大橋も」

国語教師がぶっきら棒に言った。

どんぶりに入れた赤チンキをガーゼにひたして、K先生の傷を軽く叩くと、ああ、痛くていい気持、と言った。そして意識をなくした。

K先生は、小がらで丸い、平ぺったい顔をしていた。生徒と向き合って話すとき、恥かし気に、先生の方が目を伏せる。音楽の時間になると、細いソプラノで、「ドリゴのセレナーデ」を歌ってくれた。その時だけは生徒の目を、一人一人みつめて、語りかけるように歌う。

「先生は恋をしている」歌を聞きながら、私たちは囁いた。

K先生は、どんな姿で死んだのか。歌い終ると慌ててピアノのかげにかくれてしまうK先生は、一人で、死に耐えられる気丈な人ではない。私は、先生の痛みを知りたい。痛みを感じることで、八月九日で跡切れてしまった師との仲を、蘇らせたい。TもKも、Nもそれをしなければ、私の内の三人は死んでくれないのだ。

K先生の避難場所を教えてくれたのは、怪我をした幼児を抱いた、若い母親である。女は、国語教師が腕にまいているN高女の腕章をみて、大橋の下に、N高女の先生のおんなるですよ、と教えてくれた。言われるままに、二人は大橋に向かった。大橋は、浦上川にかかる橋である。

電車は大橋の手前で終点になり、その先は広い道になる。橋から先の広い道は、アスフアルトで完全舗装がしてある。道の両側は田圃で、緑の中を一直線に伸びる道の先は、兵器工場しかない。

道を歩く人びとは、兵器工場に関係ある人ばかりである。仮に、K先生たちが兵器工場で負傷をしているならば、一応、水を求めて川を選ぶだろう。生徒も、河原に集まってくるだろう。

二人は、橋の上から河原に向かって、N高女の先生いませんか、と大声で叫んだ。

被爆後の調査によると、この河原は川幅が十センチ広くなっている。瞬時の爆圧で、爆心地に面した土手が十センチ、押し拡げられている。

土手の雑草は白く燃えつきて、その上に負傷した人間が倒れていた。

空に向かって、両手をあげて倒れている者、大地に伏せて体をまるめている者、さまざまである。その人たちより、やや意識が確かな一群が、橋脚の日陰に身を寄せている。N高女の先生、生徒、いたら返事をしなさい、呼びかけて橋脚の群を見つめていると、かすかに腕を動かしている者がいる。二人は、河原に駈け降りた。

「ここです、Kです」かすかな声がした。近づいて、K先生ですか、と確かめると、ええ、ええ、と笑った。K先生の体は、くわで肉を掘りおこした状態になっていた。名前を質《ただ》さなければ、身許の判断がつかなかった、という。

美術の教師は、上着をぬいでK先生の体を包んだ。国語の教師が抱き起して、美術の教師の幅広い背中に負わせた。

「めいわくをかけます」とK先生が言った。

帰校して報告を終った美術の教師は、伊良林にあるK先生の自宅に、先生を届けた。

翌十日、K先生は自宅で死亡した。即死ではなく、一日、生きていたのだ。確かにそうなんですね、と念をおすと、田中先生は、

「いや、彼が九日の夜K先生を背負って学校に帰って来ています。即死ではないなあ、K先生だったなあ、あれは。僕は顔を見たんですよ、でもね、顔のない人間を、いくら眺めても同じでね、相手を認めるっていうことは、顔なんだなあ」

そうかもしれない。認めるということは、そんな単純なことなのかもしれない。

K先生の遺体も空地で焼いたのか、私は聞いた。いや、と先生は即座に否定した。

「空地でK先生を焼いた記憶、僕にはありません。N先生は焼きました。終戦から一ヵ月が経っていましたし、時代の変化についていけない、ほおけた時でね、だからこそ感慨は一入《ひとしお》でしたね。それにN先生の煙りはもぐさ色なんだなあ」

生徒たちは、焼くと薄紫色の透明な煙りをあげる。N先生の煙りは、もぐさ色に濁って、一気に空地をおおってしまった。物理的な現象なのだが、ついN先生の心を深追いしてしまう、と田中先生が言った。

N先生がN高女に帰って来たのは、八月十日、午後二時をすぎていた。話によると、T先生に早出を代ってもらった先生は、午前十時半、県庁での仕事を済ませている。仕事が終った先生は、県庁の坂を浜町に下って、千馬町、現在の入江町の停留所で、大橋行きの電車を待っていた。

千馬町は爆心地から直線距離で、約四キロある。直爆地区には入っていないから、N先生は直接被爆者にはならない。

電車に乗って二、三分走っただろうか。突然飛行機の急降下音がして、屋根の上でポールが弾ける音がした。電車は左右に大ゆれに揺れ、目の前のレールが、ループのように曲線を描いて宙に舞いあがった。N先生は頰に強い爆圧を受けて、横転した。閃光が、その後を追って街から海に、拡がっていく。N先生は電車の床に伏して、桃色のかすみ網のような閃光を見た。先生は閃光の外にいたらしい。光に内と外が有るかどうか、私にはわからないが、火傷も、爆圧による裂傷もない。

空地で荼毗《だび》に付すとき、傷がない蒼い顔をしていた。いっそ、顔のみわけがつかない遺体を焼く方が、気が楽だ、と田中先生が言った。

N先生は、電車の中で立ち上った。そして窓の外を見た。浦上、大橋方面に傘状の雲がある。雲は、傘を広げて頭上に迫ってくる。

電車道にそった銀行の、一枚ガラスの大窓が硬質な音をたててひびを走らせ、ゆっくりと割れた。スローモーションのフィルムを眺めているようだった。

電車のレールは寸断されて、回復のみこみはない。長崎駅方面に火の手があがっている。ふり返ってみると、県庁方面にも黒煙が見える。

街は一瞬の間に、破壊されていた。

N先生は兵器工場に向かって、歩いた。まず教師たちの詰所になっている精密機械工場に直行した。工場はなくなっていた。

曲りくねった鉄骨が、からみ合って残っていて、煙と炎があがっている。

精密機械工場には、動員学徒が最も大勢働いている。炎をすかして見ると、二、三間先に、生徒らしい人間が鉄骨にひっかかっている。抱いて顔をみると怪我のないきれいな顔をしていて、N高女の生徒である。

生徒を抱いて、工場の裏山の木陰に運んだ。

一人でも多くの生徒を助けるために、N高女の生徒らしい少女だけを助け、山に運んだ。

夕陽が沈んでしまうまで、何回も往復した。

死にかけている他校の生徒には気の毒だが無意識に選んでいた。

九日の夜、長崎に小雨が降った。火傷を負った生徒にとって、雨はありがたかった。傷と血でほてった体に、しとしとと肌を湿らす雨の冷気は、心地よかった。

山で一晩、生徒を看護した先生は、夜が明けるのを待って、生徒と先生を探した。その時、焼け跡で国語教師らに逢った。N先生は前日に、K先生が救出されたことを知った。幾分、気分が軽くなって、現場の責任者として報告に帰校した。

報告によると、N先生が山に収容した生徒は十四名である。怪我はしているが二、三人の重傷者をのぞいて、生徒らは元気でいる。専攻科生が看護にあたっているが、全滅の職場があるようだ。城山国民学校の三年生とは全く連絡がとれない。救いは、トンネル工場で作業中の生徒が無事でいること。彼女らは自発的にクラスメートたちの救援に参加してくれている。被爆した生徒のなかには、道ノ尾や諫早方面に逃げたらしい者がいる。汽車は不通のようだから、これから歩いて、諫早まで探しに行ってみます、とその夜、長崎を発った。

私が諫早の手前、喜々津の海辺でN先生に逢ったのは、十一日の午後二時である。その時私は、母に連れられて長崎から約二十五キロ先の諫早に、逃げて行く途中だった。諫早は城下町で、母と姉妹の疎開先である。学校の関係上、私一人が長崎に下宿しており、被爆した。兵器工場全滅の噂を聞いた母は「せめて死体でも」と長崎まで私を探しに来たのである。

海辺の田舎道は、薄く砂をかぶって、太陽に白く光っていた。あと一時間も歩けば、諫早に着く頃だった。波うちぎわの道を、小がらな女が歩いて来る。長崎に続く爆撃を怖れて、白昼の道には、私たち親子と二、三人の漁夫だけである。強い海の光の中で、女はかげろうのように頼りなげである。

母が私の名を呼んで、あれはN先生じゃない？　と聞いた。N先生は、私の転校試験に立ちあっている。母はその日にN先生に逢っていた。母と同時に、N先生も私たちに気がついたようだった。額に手をかざして、私たちの姿を確かめ、泳ぐように両手を左右にふって走ってくる。

駈け寄った先生は、無言で私の肩を力一杯つかんだ。生きてたのね、とみるみる涙を溜めた。

「お母さん、こんどは諫早の番だといいます、逃げて下さいね、生きて、また逢いましょうね」と母の手を握った。それがN先生を見た最後である。

N先生は被服の先生だった。モンペの上着の衿に糸をつけた木綿針を二本、常時さしていた。私たち生徒の、制服の綻びをみつけると、ちょっと、と手まねいて「駄目ねえ」と言いながら繕ってくれる。

私も一回、切れかかったモンペの胸のボタンをつけてもらった。胸に頭をつけて、糸切り歯で糸を切る先生の髪に、椿油の匂いがした。

笑うと目の下にえくぼが出来て、幼女のように可愛くなった。

「私一人が元気で、生徒にもお二人の先生にも申し訳がなくて、T先生が生きていてくださるといいのですが」そればかり気にしていたという。生徒の看護をしていた女教師が、運命ですよ、仕方がないでしょう、私たちの力ではどうにもならない事ですから、と慰めを言った。九日から、次次に息を引きとっていく生徒を、無言で看とっていた校長が、「運命ではない」とはっきり言いきった。

「このありさまが、どうして運命です。ましてN先生、あなた個人の責任では、決してない」

「本当に、僕も校長の言葉通りだと思いましたよ、戦争とは次元を異にする問題でね、長崎医大の先生が信じていた人と人の問題なんだなあ」

当時を想い出して、田中先生は厳しい表情をした。

「死にきれないで苦しんでいる生徒を見ているうちに、これが人間同士のやることか、と嫌悪がこみあげてね、あの時、僕に対象がみえたら、僕は生徒らと同じ苦しみを、相手にも与えたでしょうね」と言った。そして、やっぱり報復精神はいけないね、僕も偉そうなことは言えないね、とにが笑いをした。

「さっき僕は、不用意に運命という言葉を使ったけれど、考えてみると、これは便利な言葉でしてね、人間の作為が明らかな行為を、僕は運命とみたくはないんでね、僕は神さまをよく知らないが、運命という言葉は神に相対してある言葉だと思いますよ」

八月九日が運命であるならば、人間が犯す罪は許されてしまう。

「N先生が亡くなる二日前に、僕は見舞いに行きました」

華奢なN先生の手足は、子供のように細くなっていた。脂肪が落ちた、骨ばかりの手を胸に置いて、あれから幾日たったでしょうね、と指を折って日を数える。そろそろ一ヵ月になります、田中先生が答えると、

「いろんな人が沢山死んで、十年も二十年も一人で生きているみたいで……」

左の手に紫水晶の数珠をかけて、指先で珠をさぐりながら、何ごとかを唱えている。

「いまは忘れなさい」と田中先生が言うと、N先生は、ええ、そう努力します、とかすかに笑った。

僕だけなのかなあ、と田中先生が私を見た。

その人が死ぬ朝とか、二、三日前に必ず逢っているんですね、ああ、あれが見納めだった、と寝覚めが悪いんですね、三十人もの人間を焼いた罪かな、と腕を組んだ。

きぬ子の手紙では、N先生の墓は自宅の庭にあるそうだ。母親の希望で、庭の隅に小さい墓をたてた。母親の胸に抱きこまれてしまう、小さい滑らかな石だという。墓石には、N先生の俗名が刻ってある。娘は死なせません、と母親は娘の俗名しか刻らせなかったらしい。

N先生の報告にある城山国民学校に動員中の三年生は、全員が即死していた。城山国民学校は爆心地から僅かに四百メートルしか離れていない。コンクリート三階建ての校舎は全壊、関係者百五十一名のうち、百三十一名が死亡した地区である。

皮肉にも、生徒の死亡を確認したのは、進駐して来たアメリカ軍である。

十月の初旬、田中先生はGHQに呼び出された。若いアメリカ軍の将校は、一枚の紙切れを先生に渡した。見ると、伏字が多い姓名が、漢字でタイプ印刷してある。

アメリカ軍の将校は、紙コップにコーラをついで、先生に差し出し、タイプ印刷の紙を、削りたての赤鉛筆の尻で指した。

この十七名の生徒は、城山国民学校で三菱兵器工場の事務をとっていた、あなたの学校の生徒である。全員即死であるが、この生徒らが確かに実在していたか、伏字の箇所を学籍簿で調べて欲しい、と期限をきって渡した。なぜ必要なんです？　田中先生が聞くと、アメリカ軍の将校は、あなたは、調べてくれればそれでいい、と唇に人差し指をたてて、話を打ち切った。

学籍簿で、生徒の姓名を引きあわせてみると、伏字が起きて、十五名がN高女の生徒であることが、確実になった。十五名は、私と同学年である。残りの二名は、三年生の学籍簿にはない。伏字のまま置くと、二名の生徒が息もつけないように感じられて、全校生徒の学籍簿と引きあわせてみた。

二名は、該当者がなかった。先生は十五名の姓名を確認し、アメリカ軍の将校に報告した。

アメリカ側の調査の意図が何か、どのような経路をたどって、十七名の生徒の死体を確認したのか、田中先生にはわからない。しかし年齢、学年を調べてみると、アメリカ側の書類と学籍簿とは一致する。出鱈目ではない。不気味なのは、二名の伏字の生徒が加わっている点だ。十五名のN高女生だけならば、動員名簿から抜き書きしたのだろう、と推測できる。不明な二名は、なぜ加えられたのか。城山国民学校の床に、多分並んで死んでいただろう遺体を、あるいは白骨を、正規のアメリカ進駐軍より一足早く、誰かが調べている――それにしてもなぜ姓名までが判ったのか。

「十五名の姓名、先生は記憶にありませんか」

田中先生に尋ねると、先生は改めてメモ帖の姓名を、声を出して読んだ。

「記憶とはいい加減ですね、十五名の員数と伏字のまま返した子供らの名前は、印象にあるのだが、みんな忘れてしまって」

その時の一枚の紙切れは、いま誰の手にあるのか。十五名の生徒の姓名は、資料として総括された数に変り、用済みだろう。必要だったのは個人の死ではなく、確実な数字だ。

グラフの数字に加算されて、それで十五名の姓名は不用になる。もう、誰の手にもあるまい。抜き書きしたメモ帖の五十一名の死者のうち、城山国民学校の十五名と、門柱に寄りかかって死んだ生徒は、誰か。

私は、メモ帖をスーツの胸のポケットにしまった。ポケットのボタンを、しっかりと掛けた。これっきり忘れよう、と思った。

小銭を集めて買った、赤い表紙のメモ帖は、確かめたことで更に、私に新しい疑問を投げかけ、また何らかの区切りを私に求めるだろうか。

「原子爆弾を曳光爆弾と呼んでいたんですね」

茶色く変色した昭和二十年八月十一日の地元の新聞を、田中先生が出して来た。記事は『曳光高性能爆弾、広島攻撃の敵機が使用』

中国軍管区司令部発表、七日十二時。八月六日午前八時十分頃、敵B29四機は、広島上空において、曳光高性能爆弾を投下せり。地上家屋に相当の被害ありたるも、火災は同日夜、おおむね鎮火せり——

注意事項には「恐れるな新型爆弾、勝つ手あり。閃光で最寄りの壕へ。今後監視は絶対厳重にせよ。閃光をみつけたら最寄りの壕に駈け込むこと、瞬時の間もない時は、布団などで体を露出しないこと」とある。

広島の人的被害には、一字もふれていない。

長崎の記事もない。死者の概数さえ発表されていない。

八月十日、十一日と二日間、焼け跡で救護活動をしたきぬ子の話によると、十一日、陸軍の大型トラックが、天蓋をはずして、焼け跡に横付けされた。初老の兵隊がトラックから降りると、二人一組になって、手近な死体から無差別に足と頭を持ち、一、二の三と放りあげる。トラックの上で待つ二人が、それを六体ずつ積みあげる。腐乱しはじめた遺体は、厚さがあって、六体重ねると、大人の肩の高さになるそうだ。トラックの一方に、人間一人が立てるだけのゆとりを取って、作業を終えた兵隊は、トラックと死体のすき間に立って、走り去った。

何処に死体を運んだのか、山を掘って埋めたのか、それとも野っ原に埋めたか。腐りだした死体の焼却が間にあわず、応急にとられた処置であるから、長崎の何処かに、大穴を掘って埋めてある。

百年か二百年後、トラック何杯もの人間は地表に、白い骨の層をつくるだろう。記録にない死者の骨を、後世の人間が発見した時、彼らはどう解釈するか。

八月九日と十日の新聞はないか、私は先生に聞いた。県立図書館に行けば、ファイルしてあるだろう、と先生が言った。

時計は四時を指している。夫人が紅茶とカステーラを、黒塗りの盆にのせて入って来た。

「カステーラは、やはりこの店がうまいね」

ザラメがついたカステーラを、大きく割って、先生は味を試す仕草で舌の上にのせた。

「昔ながらの釜で焼いているらしいですよ」

夫人が、先生の無邪気な仕草をみて、笑った。先生は甘党のようだ。変らないのはカステーラだけか、と言って、学校が取りこわしになるのは知っているか、と聞いた。

私は校長先生に聞いたばかりの話をした。

「そう、片側四車線とか、馬鹿でかい噂なんだなあ、何も彼もぶっ壊して、ローラーでごろごろならして、土の中に封じ込む。それだけでは不足で、厚さ四、五十センチ、いやもっと厚くコンクリートを塗る。

話を聞いたとき、僕は、ナチスのアウトバーンを思い出してね。この坂の街に、空の八方から飛行機が自在に離着陸する――

大地の片隅に追いつめられて、いまに僕たちは、地上に住めなくなるんじゃないかな？孫や、その孫の時代には、人間までが地の底にもぐってね、地上はクリームケーキのようなコンクリート」

いやなお話、と夫人が肩をすぼめた。そして、私は、その日までに死にますから関係ありませんよね、と先生を見た。

長崎在住のN高女同窓生が、校舎を記念館として保存するように、関係者に運動したらしいが経費その他の面で不可能のようだ。また当面の問題として、原子力船「むつ」の佐世保母港問題がある。新制高等学校の卒業生になると年代が若く、過去の保存よりも原子力船「むつ」問題が、当面の関心事らしい。現在動いている問題が優先するのは、しかたがない。

「ほれ、耳を自分でそぎ切った絵描きがいましたね。僕は、あの絵描きのものが好きでね。絵のなかに、必ずといっていい程、物の切り口が描いてあるんだなあ、ひまわりの固い茎、松やにがにじんだ枝、糸杉の枝のさけ目。たったいま裂いたって感じでね、僕はだからすきなんだ。枝を裂いたばかりの、手のひらに木の葉の匂いをつけた作者が、キャンバスの横に立っている現実感。その時に生きていた人間の息づかいを、あの絵描きは過去ではなく現在として僕らに残している。あの門柱は、同じ意味を持っている。だから僕は残したいんだなあ、生きていた生徒らの証としてもね」

長崎市民で、八月九日を知らない世代が既に半数を占めている。目前の原子力船「むつ」など、耳目にふれる問題は闘争の対象になりやすいが、被爆体験のないある若者は、体験のない平和運動は疑問に思う、という。運動をつきつめていった時、つきあたる体験の核がない。だから八月九日は、彼らの世界から浮きあがってしまう。

「厳密に言えば、僕は被爆者ではない、しかし見てましたよね、ある意味では。傍観者として絶えず冷静に、何かを批判できたと思っています。最近僕は、広島の平和公園の碑に刻まれた言葉〝あやまちは二度と繰り返しません〟でしたか、あの言葉の深さが判るんです。好きな言葉ではないが、〝あやまち〟は敵、味方を区別する狭量なものではない、ということですね」

夫人がポットの湯で、緑茶を入れてくれた。

県立図書館は、夕方五時まで閲覧を許されている。帰りに、十分でも立ち寄りたい。なが居の挨拶をすると、僕も煙草を買うから、と下駄をつっかけて、田中先生も家を出た。街に、街灯がついていた。街灯が必要な暗さではない。しかし、ついていなければ心細い半端な闇である。

「終戦後、寒くなりかけたある日、駅前で偶然あの老車夫に逢いましてね」

「生きてたんですか」驚いて私は尋ねた。老車夫の家は浦上にあったはずだ。仕事がら、街を走っていただろうから、屋外で閃光をあびる率が高い。田中先生以上に死の確率は高い。

「長崎駅前の広場に二、三人の仲間と人力車の蹴込みに腰をおろして、ぼんやり人の流れを眺めていてね。その時僕がどうした、と思います」

わかりません、と素直に私は答えた。そうだろうな、と先生は笑った。

「逃げましたよ僕は、逃げる理由は何もないのに、人ごみにまぎれ込んで逃げましたね。死んでしまっただろう、と定めてかかっていたこともありますが、それよりも僕は、あの頃、自分の幸運を内心誇らしく思ってましたからね、退院許可をくれた医師や老車夫に比べたりしてね」と言った。

炉粕町の、馬蹄型にすべり止めをした坂道を登ると、常緑樹に囲まれた図書館がある。坂に面してガラスを張った、鉄骨とガラスで建てられた図書館である。棒状の蛍光灯がついていた。取りこわされるN高女と比べれば、いかにも近代的にみえる。

図書館の入口に置いてある自動販売機で、先生はハイライトを二つ買った。図書館を見あげて「水族館だね、まるで」と言い、フィラメントがちりちり震える昔風の電球が、やっぱりいいね、暖かくて、と先生は同意を求めた。そして、さよなら、と手を振って帰って行った。私は新聞閲覧室への階段を、のぼっていった。

探している昭和二十年八月九日、十日の地元新聞は、図書館にもなかった。綴じ込みは同年の六月二十六日から八月十一日まで飛んでいる。その間の月日は、空白である。八月九日に図書館も爆風を受けて、木造だった建物は破損した。その時に資料の一部を紛失した。

九日、十日の新聞を、図書館でも探しているが、いまだに入手できない。個人の蒐集家や、郷土史研究家に呼びかけて、協力を頼んでいるが、入手は困難のようだ。

「長崎には、八月十日の新聞は一枚も現存しないのではありませんか」と図書館員が言った。

新型爆弾として報道された、原子爆弾の第一報は、発行元の新聞社にも、一枚も残っていない。タブロイド判ではあるが、十日は夕刊として新聞は発刊されている。九日から引き続き一日も休刊にはなっていない。新聞社自体も被害を受けたが、残った活字を集めて他社の印刷所で、新聞印刷をした。

綴じ込みは十一日から、更に八月二十七日に飛び、とびとびの空白が、いかにもその時の長崎市の混乱ぶりを、物語っている。

期待した八月九日の記事は、八月二十七日になっても掲載されていない。

〝煙草近く一日五本に回復〟と敗戦後の不安定な国民の心情を、浮き立たせるような煙草配給の朗報がある。翌二十八日には、来駐米軍は五十万、と一面に記事が出ている。

この日も、被害記事はない。八月三十一日には、広島で被爆した丸山定夫一座の女優、仲ミドリが原爆症で死亡した記事があるが、〝輸血針痕から腐蝕、かすり傷の女優十九日に絶命〟と短い。

約一ヵ月後の九月五日には、外人記者がピストルを胸ポケットにのぞかせて、広島の被害状態を視察する記事がある。敵国だった異国の被災地を、逃げ腰で取材する記者団を揶揄してあるが、肝心の死亡者数は、発表されていない。

新聞閲覧室は、私一人になっていた。私は「八月九日の長崎」を、何も報じていない古い新聞を机に拡げて、ぼんやり窓の外を眺めた。戦時中は、軍によって報道の規制を受け、戦後は、駐留軍によって報道が封じられる。軍人が運び去ったトラックの死体は、この窓の外の街の、どこに埋めてあるのか。

外は暗くなっている。人家の灯が、坂にならって、上り下りしている。

風があるらしかった。明日は雨になるのだろうか。T先生とN先生の墓まいりの約束をきぬ子としていた。

E寺には樫の大木がある。樹齢何百年だろう、大人三人が抱きかかえて、あと一人、子供の両腕が要る幹の太さである。寺は、浜町を見おろす坂の上にある。寺の樫の木は、千馬町からもよく見えた。

真夏、樫の木の黒い繁みを、遠くから眺めるのが、私は好きだった。樫の木のまわりには、常に風があった。白く硬い寺の石段に、黒い影をつけてゆさゆさ風に揺れるさまは、街全体に涼気をおくった。

閃光で家並が消えると、長崎のあちこちから、樫の大木は見られた。被爆後の十月、登校の途中、千馬町で電車を待ちながら私は樫の木を見あげた。樫の木の葉は、爆風でむしり取られて、太い幹だけが、あらわに外気にさらされていた。

T先生は、この寺の一人娘である。きぬ子の手紙では、T先生の墓は、実家のE寺にある、ということだ。言われてみると、自然な墓の所在である。嫁入り前に死亡した娘の墓が、実家の墓地にあるのは、当然すぎる。

　にもかかわらず、私も友人たちも、三十年間、墓の所在を探し続けた。

被爆死という異常な死が、常識的な判断を狂わしていた。

きぬ子との待ち合せは午前十一時、E寺の石段の下。E寺がある桜町の電車の停留所まで道案内をしてくれた姉は、樫の木なんか、見えないじゃない、とビルの上の空を見まわした。私も、姉を真似て、空を見まわした。

　空は晴れていて、青い色に師走らしい寒さがある。前には、すぐ見えたのに、と私が言った。

「それは昔のことでしょう」姉は、昔という言葉を使って、あたりに建つビルを、あごで指した。

「とにかくE寺の樫の木が見える場所まで、一緒に行ってあげる」坂道に慣れている姉は和服の裾さばきもあざやかに、坂を登って行く。狭い坂道である。三十度はありそうな、急な坂道である。道幅は、二メートルもあるだろうか、片側に深い溝がある。片側は、黄色いペンキを塗った、帯状の盲人用道路になっている。盲人用道路は、最も安全な場所を選んであるから、車をさけると、否応なくイボイボの盲人用道路を歩く結果になる。

　ヒールの踵がおうとつに引っかかって、私は足首を捻挫しそうになった。

「歩きにくいの」先を歩く姉に、私は苦情を言った。船底型の草履をはいている姉は、気

にならないらしく、

「市長さんが社会福祉に凝っていてね」と振り返り、自分の言葉のおかしさに気がついて、目が見えるんでしょう、歩きにくければ、よけて通りなさい、と逆に、私をたしなめた。

私は、田中先生を訪ねた日から、長崎の街の、黄色い道が気にかかっていた。歩きにくさもあるが、盲人用道路が多すぎる。黄色い帯状の道は、イボイボをつけて、狭い坂道の、隅隅まで張り巡らされている。他県に比較して、盲人の人口が多いのだろうか。社会福祉がモットーであっても、利用者とのバランスだ。利用者が多いとしたならば、原因は何か。閃光による白内障の患者だろうか。

白昼、私の脳裏に幾本もの白い杖が、浮かびあがった。白い杖の先は気ぜわしく刻んだ音をたてて、黄色い、狭い道に群がってくる。「あの樫の木じゃない?」姉は、斜め上の空を指した。ありがとう、と礼を言って、私は姉と別れ、一人でE寺に続く坂道を登って行った。坂の途中に、八百屋があった。

「あのお店で仏さまのお花、買うといいわ」

戻って来て、姉が後から肩を叩いた。店先のアルミのバケツに、束ねた花が入れてある。仏さま用の水仙や柾に混って、クリーム色のバラと、臙脂のバラの蕾が一束ずつある。私はバラを二束と、白い小菊を一束取った。

「T先生のお墓にあぐると？」いつの間にかきぬ子が、赤いオーバーの衿をたてて、横に立っていた。

「お墓にバラは駄目よ」

坂の下から、私の様子を窺っていたらしい姉が、大きな声と同時に、手をふった。わかった、と私も手を振って応え、このバラを下さい、と店の主人に花を渡した。きぬ子が、にやっと笑った。それだけで、目じりにしわが寄った。十年逢わないうちに、きぬ子も確実に年をとっていた。

「バラで、いいわよね」店の主人に代金を渡して、私はきぬ子の同意を求めた。

「よかさ、T先生はバラさ。うちもバラを買うね」きぬ子は花代の半額を、私に渡した。声は、昔のまま女学生のように華やいでいた。声は変らないわね、とひやかすと、「そちらさまもご同様」すかさずやり返した。私ときぬ子は、並んで石段を登っていった。

E寺の石段の中程に、十坪ほどの空地がある。樫の木は空地に根を張っており、白髪頭の寺男が、木の根の瘤と瘤の窪みに溜った落ち葉を、竹帚で掻き出している。石段を昇った正面に、E寺の本堂がある。

左側にモルタル塗りの二階家がある。二階家は、樫の木の梢と、屋根を揃えている。

玄関に立って、お尋ねしたいんですが、ときぬ子が案内を乞うた。白い割烹着をつけた頰の紅い婦人が、洗い物で濡れた手を拭きながら出てきた。年齢は私たちより三つ四つ年上にみえる。住職夫人らしかった。

二人の様子から、何かを察したらしく、

「T先生のお墓まいりですか、今年は三十年目だったせいか、昔の生徒さんが大勢、みえて下さっとですよ」と頭をさげる。T先生のお母さまは、ご健在でしょうか、改まった口調で、きぬ子が尋ねた。

「いいえ、もう私が嫁入りする前に、亡くなりました」

「T先生のお話をうかがいたい、と思いまして、お住職さん、T先生のお兄さまは？」

「義父も死にました。いまの住職は私の主人で、T先生の甥になります」

私ときぬ子は、顔を見合せた。E寺の代はT先生の両親から一代を越えて、甥の代に替っている。姉も住職夫人も、昭和二十年八月九日の頃を、ちゅうちょなく、昔、と言ったが、まぎれもなく三十年の月日が流れていた。

住職は、檀家に出かけて留守である。終戦後、数年を経て嫁に来た夫人は、T先生の死亡の時の様子を、詳しくは知らない。

「義父に聞いた話ですが、クレーンのブームの下敷きになったとかで、眉間が真二つに割れていたらしかですよ」

同じ話は、私も戦後、友人の口から聞いて知っている。眉間が割れた死相に、表情までが加味されて、噂は怪談じみて伝わっていた。

私がバラの花を買ったのも、陰湿な、死の印象を消したい、と思ったからだ。

「死体は見つかったんでしょうか」

「そうらしいです、その樫の木の根元で、T先生のお母さんが、義父と二人で焼いたそうですよ」住職夫人は、樫の梢を指した。

樫の木は、梢近くになって、太い幹が二つにわかれている。分かれた枝の部分が、途中から切断されて、切り口にトタンの蓋が、かぶせてある。閃光と爆風で裂けたらしかった。

裂けたまま、垂れさがって危険なので寺男が鋸で切り落した。

切り口を雨ざらしにしていたら、灰色にくすんで、腐りはじめた。檀家の人たちは、T先生の不幸にあと一つ、E寺の不幸が重なるのではないか、と心配した。腐りを防ぐ方法として、トタンの蓋をかぶせた。腕を、ひじの関節から切断したような、無様な枝は、それ以上枯れなかった。しかし、緑の葉も繁らない。生身の切り口に金属製の蓋は不釣り合いで、息苦しかった。

住職夫人は、玄関で立ち話を続けた。

T先生の遺体を見つけたのは、母親だという。九日、娘の帰りを寺の石段に坐って待った母親は、夜が明けると寺男を一人つれて、兵器工場に向かった。

大橋を渡る頃には、太陽は頭上に昇りきって、瓦礫の街に死臭がただよっていた。腐りはじめた死体を、鉄かぶとや防空頭巾をかぶった男女が、積み重ねて、焼いている。空襲警報が鳴り、絹針のような機影を光らせて、敵機が飛んで行く。爆撃の意志はないようだ。

大橋を渡った川岸で、顔半分に日本手拭いをまいて、マスク代りにした女学生に逢った。

N高女の腕章をしている女学生に、母親はT先生の消息を聞いた。

「ぴかっと光ったとき、光の中に立っとんなったとですが」生徒は言葉を濁した。

「怪我を、しとりましたか」

母親の問いかけに、生徒は黙って下を向いた。

「先生と私は、職場が同じでした。逃げながら先生らしい顔の人を探したのですが、見あたらんとです」

娘は死んだらしい、と母親は察した。元気で逃げているなら、曠野のように、端から端まで見わたせる焼け跡である。母親の目に止らぬはずがない。

道に倒れている負傷者を、母親は調べはじめた。肌が焼けて、特徴になるほくろや痣が消えている。何を目じるしに娘を探せばいいのか。母親は途方にくれた。

千切れた布切れを、腰の一部にはりつけた女が、母親の前を走って行った。母親の頭に「南無阿弥陀仏」と書いたE寺の、祭りの日の、のぼりの念仏が浮かんだ。

母親は、のぼりで下着を縫って、娘に着せている。衣料不足もあるが、仏の加護があるように、肌に直につく下着に仕立てて、着せている。念仏の一部でも焼け残って、肌に付いているなら、それは娘だ。

生徒に道案内を頼んで、母親は娘の職場の焼け跡に行った。

夕陽が立木がくすぶる山の端に沈むまで、母親は、娘を探した。みつからなかった。

焼け跡で夜を明した母親は、焼け跡に吹き出す水道の水で顔を洗い、また娘の職場の周辺を探した。同じ遺体を、二度も三度も起して、顔をみた。

光の中に立っていた娘が、仮に生きていても、傷を負っているだろう。遠くまで逃げているとは考えられない。死んで、遺体が焼け残っているならば、職場の近辺しかない。

母親は、疲れていた。手ごろな鉄骨をみつけて腰をおろした。

寺男が、地に伏した死体を、一つ一つ起して、顔をのぞき込んでいる。その一、二間先に、両手を広げて、地に伏せて死んでいる遺体がある。死体は、普通の人の倍に腫れあがっている。女のようだった。

丸太のように転がる死体を眺めているうちに、死体の髪の毛が目に入った。とっさに、母親は立ち上った。遺体は、娘に似た茶色い細い毛をしていた。血液がにじんで、乾いた部分が黒くみえるが、確かに見おぼえがある、頭の恰好をしている。

生前の娘らしく、細っそりした死体を探していた母親は、自分を取り囲む周辺の異常さを、改めて知った。

母親は、寺男を大声で呼んだ。遺体を、二人で仰向けに起した。伏せた腹の部分に、のぼりの墨字が残っていた。

「三度も四度も眺めて、通り過ぎた死体らしかったですよ。自分の娘がわからんほど、ひどかったらしかですよ」住職夫人が言った。

死体は、棺桶の蓋が閉まらぬほど、ふくれ上っていた。男二人は、棺の蓋にのって、力一杯押した。やっと棺の釘を打ち、樫の木の根元で焼いた。

住職夫人は、昔むかしと昔話をする明るさで、お腹が、こんなに腫れあがっとったそうですもんねえ、と自分の腹の上に、両手で大きな半円を描いた。

湯灌の時に、手首の肉に時計が食いこんでいるのを、母親がみつけた。バンドをはずそうとすると、手首の肉が崩れる。寺男が、皮のバンドを鋏で切った。時計は、形見として母親が桐の箱に入れて、仕舞ったそうだ。

その時計を見せてもらえないだろうか、と私は頼んだ。鋏で切った時計を、自分の目で確かめれば、棺桶の蓋が閉まらぬほど腫れたT先生の死を、私は信じられる。田中先生が絵に描き残された、物の裂け目に現実を感じるように、私も、先生の死が認められる。

「さあ、あるでしょうか、あたしも見たことのなかとですよ」住職夫人は、特別な関心を示さなかった。

九日の朝、田中先生の家を訪ねたときに着ていた長袖の白いブラウスは、T先生の桃色の肌と共に焼けてしまったのか——。話の様子から察すると、T先生も裸で死んでいたようだ。田中先生の長女を、空に向かって高高と抱きあげた白いブラウスは、赤ちゃんの乳くささを含んだまま、閃光に焼かれたのだろう。

「即死、ですね」きぬ子が聞いた。

「らしか、です。眉間の傷が致命傷らしかです。苦しまずによかった、って義父は話しとりました」

少し耳が遠いが、あの寺男がT先生の遺体を背負って帰って来た者だから、聞いてごらんなさいませ、と住職夫人は、バケツとマッチを私たちに貸してくれた。

T家の墓は、るり色をした墓石の、立派な墓である。T家代代の墓に、先生はまつられていた。

きぬ子と私は、木のひしゃくで、交互に墓石に水をかけた。水をかけると、墓石は紺色を濃く沈めて、一そう鈍く光る。T家一族の魂が、墓石に封じ込まれている霊気を、私は感じた。

「本当に、この墓の下に先生のおんなるとやろか」きぬ子が心細気な表情をした。墓石の沈うつな色あいと、T先生の快活な明るさは、ちぐはぐに思える。むしろ樫の木の梢にでも坐っていそうに思えた。

「せんせい」墓石に、きぬ子が呼びかけた。

真似をして、私も、せんせい、とゆっくり呼んだ。

私は竹の花筒にさした。きぬ子が、臙脂のバラと、残り半分の小菊を、片方の花筒にさした。

るり色の古風な墓石に、西洋的なバラの取り合せは、姉の忠告通り妙だった。

花を包んだ新聞紙を固く捻って、きぬ子がマッチで火をつける。炎で、私が線香の束に火をつける。紅色の竹の柄がついた線香の束を二つに分けて、墓の前に立てた。

煙りが横に流れて、バラで華やいでいた墓はやっと、墓らしい落ち着いた雰囲気になった。

私ときぬ子は、並んで坐った。

「先生、こんにちは」口のなかで、私は三十年ぶりの挨拶をした。ただ黙って、手を合せた。本当に先生は死んだのだ、と私は思った。

「さっき、光の中で先生ばみた、って話しなったろうが」

私の数段先を降りて行くきぬ子がいった。

すり鉢底の街から騒音がはい上って、きぬ子の話は、よく聞きとれない。

「光が、どうかしたの」と聞くと、きぬ子は私を待って、樫の木の根に坐った。寺男がはいて行った帚の跡が、樫の根元に大きな渦を巻いている。街をみて、私も坐った。

「あの朝、先生は機嫌の悪うしてね」

原爆投下の数分前まで、きぬ子たち五、六人は、先生の詰所に呼ばれて、説教されていた。T先生は、後に手を組んで机の前に立ち「あなた方は、工場動員はしていても、あくまでN高女の生徒です、誇りを持ちなさい。

仕事に慣れる必要はあります。でも人に慣れすぎてはいけません。なんです、ブリキの指輪など。自分の値うちを下げるものではありません」と説教した。

その頃、動員学徒の大学生の間で、気に入った女学生に、指輪を贈ることが流行っていた。

好きだ、と好意を示すだけの軽いもので、素材は、工場の床に捨てられている金属片である。

細工は手馴れた工員に習って、大学の校章をほって、それを贈るのである。きぬ子たちは、もらった指輪を大胆にも、中指にはめていた。それをT先生が、見つけた。

ブリキの指輪は没収されて、きぬ子たちは職場に戻った。ぼろ布にグリスをしみこませて、魚雷に使うらしいねじを磨き始めた。後を追って、工場の中二階にある詰所の階段をT先生が降りて来るのが、目に入った。

指輪を没収された不満もあって、きぬ子は仕事に熱中しているふりをした。

詰所ときぬ子の職場の中間に、工場の出入り口がある。T先生が、入口に向かって立った。翳りがちだった光が、瞬間、入口を長方形に浮きたたせた。T先生は、目を細めて光を眺めていたが、くるりときぬ子の方を振り向いた。そして、にっこり笑って片手をあげた。

用ですか、と職場を離れて行こうとすると「違う」と首を振って、一言一言、口を大きく開けて、何か言った。機械の音に掻き消されて、T先生が何を言ったか、きぬ子には聞きとれなかった。

その時だった。オレンジ色の、帯状の閃光が地を叩いて、なだれ込んだ。

光は、溶鉱炉の鉄のようにほとばしり、入口に立っているT先生を、弾き飛ばした。

飛ばされた先生は、すっくり起き上り、光の中に立っていた。

「うちは、見たっさ」ときぬ子が言った。

光の中に立つT先生の眉間を、一きわ光ったオレンジ色の光線が、鉈のように鋭く、切りつけた。

「クレーンじゃなかっさ、光で、先生の顔は二つに割れたっさ」きぬ子は樫の幹を、手のひらで撫でて、

「はっきり、うちは覚えとる、先生の驚きなった顔を」と目を伏せた。あの一瞬の表情は即死した人間の表情ではない。なぜ！　と問いかける、驚きの表情だった。だから、いまでも誰かに、なぜ、と問いかけながら、何処かで生きている気がする。今日まで墓を訪ねなかったのは、遺体がみつからないまま、死者の仲間に数えられているのではないか。それを聞くのが怖ろしかったのだ、と言った。

「ここで死体を焼いたって、いま聞いたばかりじゃないの」人を惑わすような事は、言わないで頂戴、と私は樫の木の根を叩いた。

「ほんと、確かに言いなった、ね。ここで焼きなった、って」

きぬ子が、樫の木の根を、手のひらで叩いた。そして痛い、と左の手のひらを、胸に押しつけた。棘をさしたの？　と私は聞いた。

違う、ときぬ子が答えた。調子にのると、いつもこうなのだ、九日のガラス片が手のひらに残っていて、うっかり強く叩くと、肉に埋もれたガラス片は、肉の内部で、肉を切るのだ、と切り傷のない、きれいな手のひらを撫でた。

「N先生のお墓、行く？」

「きょうは、止めよう」きぬ子に、私は言った。

N先生の墓石には、私と同じS子という名が刻んである。それをきょう見るのは、気が重い。

私は疲れていた。田中先生の話も、住職夫人の話も、きぬ子の話も、それぞれが確かな話である。それでいて問い詰めていけば、確かな話は二つに、三つに、わかれる。

港で、正午を告げるサイレンが鳴った。

私は街を眺めた。港や、すり鉢底の街に、坂道は曲りながら続いている。一年後、あるいは二年後、この坂道も狭すぎるから、と拡張されるだろう。何年か経って、長崎を訪ねたとき、街は、道だらけになっている。

クリームケーキのように、地表は、コンクリートで塗りつぶされて、人は地の底にもぐる。

木も虫も、雑草も地にもぐる。太陽を失い、色素をなくした人と虫は、白い目と、白い体で地中の暗闇をはい、雑草は、白い芽を、コンクリートの地表にそって、かびのように張る。

クリームケーキの街を、私は脳裏に描いて街を眺めていた。

きぬ子がみた、オレンジ色の閃光が、街の雑音の中にあった。校長がみた緑色の閃光がE寺の石段の隅隅にあった。光は渾然と混りあって、師走の街を急ぐ主婦たちの足もとに淀んでいた。ジングルベルが鳴って、サンタクロースと年末大売り出しの、赤いのぼりが立って、街は賑やかに正午を迎えていた。

やすらかに今はねむり給え

我等みな嬉し
望みの道に
入りたてる幸を
何にかたとへむ

『友、一中一条会』より
——沖縄県立第一中学校・入学の歌——

十年ほど前になるが、「こんな報告書ってありますか」とI先生から、コピーされた一枚の書類を渡された。それを読んだ私は、敗戦間もない、心ここにないときにも、過ぎたばかりの時代をファイルにして、次に備えることを考えていた人たちがいたことに驚き、I先生の心のなかまで思いが至らなかった。

書類は大東亜戦争中の「N高等女学校報国隊」、動員された全生徒の名簿に添えて提出された一枚のようである。あなたたち一人一人の名前が記録されているのですよ、とI先生はそのときいった。

十四、五歳の少女たちの姓名と、その他の——調査内容は判らないが——報告が、記録として残されている。どこに、誰が何のためにという目的の詮索より、「その時」から一滴の水も洩らすまいとする緻密な頭脳と、庶民とは異った視点で生きている人たちへの、驚異のほうが強かった。

いままた、ゆっくり書類を読み返してみて、私は居心地の悪い思いに駆られている。それは十年前とは違った、私自身の問題としてである。

書類にあるN高等女学校とは、長崎県下にあった、旧制の高等女学校である。私は生徒の一人だった。I先生は当時の物理の先生で、昭和六十二年の二月、八十四歳で亡くなれている。

報告された時期は、敗戦から三、四年経っているようである。提出先は判らない。目的も、私には判らない。

そのときI先生が腹を立てたのは、「不明」と書いて報告された内容の、曖昧さに対してだった。考え併せて読んでいて、私がひっかかりを感じているのも、この「不明」を引きずって今日まで生きてきた自分に対してである。

報告書は、横書きになっている。

半紙大の書類の最上段に、

〃××（文字不明）勤労動員令、学徒動員令、女子挺身隊勤労令又は国民勤労報国協力令によって学校報国隊、国民勤労報国隊又は女子挺身隊の隊員を編成又は選抜した学校の名称及所在地〃と質問があり、母校の名と住所が記入してある。

続く横の欄に、〃左の学校の学校長の氏名及び現に生存している時はその現住所〃。記入してあるのは、私たちN高女三年生が、通称三菱兵器大橋工場に動員された当時の、校長先生の姓名である。昭和二十年八月九日、私は大橋工場で被爆したが、被爆地に向いた金毘羅山の斜面を歩いて母校に辿り着いたときに迎えてくれたのが、この校長先生である。他の先生方は、生徒救出に爆心地の浦上に向かっていて、校長先生一人が、戻ってくる私たちを待っていてくれた。先生も既に故人である。

私が母校に着いたのは、夕暮れだった。全市停電の街は紫がかって暮れはじめ、黒ペンキで迷彩がほどこされた校舎は、断末魔の巨象のように萎《な》えて建っていた。窓ガラスが一枚も残っていない校長室の窓辺に立って、戦闘帽をかぶった先生は、校庭の辺りを眺めていた。廊下を歩いてくる私に気付いて、連絡があるまで自宅待機しているように、と先生はいった。忘れられないのは、弓なりにそった窓枠の外の空が、赤く濁っていたことである。爆心地の火勢はいよいよ強まって、まだ沢山の生徒が帰ってこないのだよ、と赤い空を背にして、先生はつぶやいていた。

報告書の二段目は〝上記隊員の学籍簿身分に関する書類を承継している現在の学校の名称及び所在地〟を問うてあり、新制高校に様変わりした学校名が書いてある。続いて〝左の学校の学校長の氏名及現住所〟。

三段目は〝当該学校から出動した学校報国隊国民勤労報国隊又は女子挺身隊の名称〟。答えて、「N高等女学校報国隊」。その後に〝左の学校報国隊の編成又は選抜状況〟が要求されている。興味のある質問で、報告には「学校医の身体検査に合格したもの全員を以て編成」としてある。私たち三年生が学徒動員されたのは、昭和二十年の五月二十五日である。その年の三月のはじめに、上海から長崎に引き揚げてきた私は、転校そうそう、身体検査を受けているはずである。これは学期はじめの定期的な身体検査で、同学年生だった妙子は、二十年四月五日木曜日（晴）の日記に「今日は身体検査があつた。私は着物はみんなみんな疎開させてしまつてあるので、━さんのをばさんのを拝借した。縫ひ上げを上げてもらつたが袖が長くて、急にをばさんになつたやうな気がした。図書館で計つてもらつたら、身長は一四六・四糎であつた。体重は三三・五キロだつた。あまりふえないので一寸ゐばれない。胸囲は六三糎だ。何だか胸の囲りが少くて変な気がする。もつとよく肥えて、お国の役に立つ体を作らう。」膨らみのない胸を他の少女と比べて、眺めている。

学徒動員令が発令されたのは、約一ヵ月半後で、四月五日の診断結果が、学校報国隊選抜の参考にされたようだ。妙子はそのころ、ほとんど毎日、日記をつけている。妙子も私のように下宿生活を送っていたから、日記が話し相手だったのだろう。クラスによって、日記を担任に提出していたようである。手帖を使った妙子の日記帖には、無田先生の検印がある。無田先生は、私たちの学徒動員について工場へ出向した、女の先生である。工場日記を遺して、原爆症で亡くなられた。「中等学校・青年学校用」と指定文字の入ったノート二冊に書き留められた工場日記には、生徒の出欠、健康状態、勤務状態、その日の出来ごとが、箇条書にしてある。

報告書の四段目は〝上記学校報国隊が出動又は協力の命令を受けた作業の種類、場所、人員及びその命令状況〟を質してある。

その一、〝作業場所の名称及び所在地〟。

「イ、三菱兵器製作所大橋工場、茂里町工場。ロ、三菱電機製作所、飽ノ浦、日見トンネル工場。」

その二、〝作業の種類〟。

「イ、魚雷製造の鋳造より仕上げまでの各種作業。ロ、旋盤その他の各種作業。」

その三、〝出動人員〟。

「約八五〇名。」

その四、〝左の命令を学校長が受けた年月日及その命令を学校長に対して為した者〟。

「長崎県知事。」

その五、〝学校長が隊員に対して出動又は協力に関する命令を出した年月日〟。

「不明。」

その六、〝出動又は協力を解除された日〟。

「不明。」

そして最後の余白欄は、〝その他の参考となる事項〟で締め括《くく》ってある。参考となる事項の欄に「旧N高等女学校に於ては原爆の被害を蒙り学校の重要書類を失したる上特に終戦直後〝戦時中の動員関係書類は悉く焼棄せよ〟との通牒に接し学徒動員に対する県よりの通牒、学校の計画実施事項等の書類一切を急ぎ焼棄して了ったので正確に詳細の数字等あげ得ないのは誠に遺憾である。尚当時在学生の学籍簿も紛失したもの多く此の名簿作成に当っては残存学籍簿、当時の出欠控及元校長の弔問控、出動した兵器、電機各製作所の名簿写など参照して作成した。」とある。

参考欄の説明を読むと、その当時現場の教師だったI先生が腹立たしく感じるのは、もっともなことと思う。ことに戦後、同僚のF先生とともに、動員学徒の実態調査を先生は行っている。責任ある命令系統と年月日が、うやむやにされているのが、我慢ならなかったのだろう。

書類の、「不明」については、調べれば判ることである。それに、鉄骨だけ残して完全に燃えてしまった大橋工場と茂里町工場に、学徒の名簿が残っていたとは、考えられない。他の場所に保管されていたのなら、もっと正確に詳しく、報告出来たはずである。例えば肌身離さず持ち歩いていた、無田先生の工場日記のように。二冊の工場日記は、敗戦から三十年ばかり経ったある日、無田先生の遺品のなかから発見された。遺品の整理に手をつけはじめていた実弟、M氏が、先生の桐箪笥の奥に仕舞ってあったノートを、みつけたのである。

〝学校長が隊員に対して出動又は協力に関する命令を出した年月日〟は、妙子の日記から推測出来る。

五月二十一日月曜日（雨）と――朝から長官閣下がお見えになるので大掃除をした、とあるが、長官閣下が動員令をもってきたのか――五月二十四日木曜日（晴）の間にはさまれた、火曜日か水曜日のどちらかに、命令は出されている。妙子は日記に「六校時が済んでから講堂に入場、校長先生のお話を聞いた。それは私達三年生が待ちに待つた動員令がきたのださうだ。いよいよ私達も国家の直接お役に立つことが出来るのだ。二十五日から動員とおつしやつた。」と書いている。五月二十四日には、私たちの壮行会が行われている。

動員令が二十二日か三日かはっきりしないのは、待ちに待った動員令がきたのだそうだ、と記してある日の、日付が落ちているからである。珍らしく妙子はその日、二ページにわたって、日記をつけている。日付があったはずの前半、「六校時が済んで」以前のページが抜けている。戦争中の、紙面がざらざらした粗末な手帖で、二十二、二十三日の裏表の一枚が、無くなっている。綴目がゆるんだ、四十数年むかしの手帖である。破れても仕方がないことだが。〝解除された日〟も調べれば判る。ただ「N高等女学校報国隊」への解除通達、あるいは解除式はあったのか。私が解除という形式を知ったのは、報告書を読んでからである。それも十年前には、解除の意味すら理解していなかったような気がする。再読して居心地の悪さを覚えるなどとは、うかつもいいところである。私たち学徒は勅令によって、あるいは国によって、あるいは当時の文部大臣、文部次官、あるいは農林省や、厚生省、さらに地方長官などの名によって、工場や農村へ動員されたのである。結成式があったのだから、解除があって当り前である。しかし私は今日まで、解除、解散式の手続きを踏まずに生きてきた。いまだに動員学徒の身分を引きずって、生きている理屈になる。居心地が悪いのは、切れていない身分に気がついたからである。

N高女の解散式が有ったかどうかは判らないが、他校の解散式の事実は残されている。旧制鹿児島第七高等学校、七高生たちの記録集『そは永からぬ三年かし』――昭和十九年入学、七高生の記録――を読むと、「夜、七高学徒隊解散式。月下憤激のストーム。」とある。昭和二十年八月十八日、敗戦から三日経った、ためらいがちな月光の下で、一つの時代に彼らは訣別をつけている。七高生の一部は、大橋工場に動員されていた。十九歳から二十歳の知的なエリートたちだった。さすがに敗戦の混乱のさなかにも、生き方は自覚的である。しかし仮に、N高女の学徒隊解散式があったとして、あのとき、幾人の生徒が出席出来ただろうか。全校生徒のうち八百五十人が動員され、内、百六十余人が死亡、大半が直接間接に、八月九日の被害を受けている。生き残った私たちは原爆症のために、身一つをもてあましてやっと生きている状態だった。八月九日の被爆は、私たち報国隊の――後日学徒隊と改められるが――事実上の、心身の解散式だったのである。

結成式、解散式、隠しても仕様のないことを「不明」と報告した、書類作成者は誰なのだろう。新旧、二人の学校長の名はあるが、認めの印はない。筆跡も報告文と同じ、女の手らしい文字である。報告者の署名捺印は、最後のページにあるのだろうが、学校長以外の誰かが、報告したように思える。また質問し、答えを必要としたのは、誰なのだろうか。

報告書は、敗戦後に提出されている。被爆した生徒たちの、原爆症の追跡調査の必要からか。それとも学徒動員に至るまでの命令系統、戦った相手国の戦時の、組織化の過程をたぐる糸口にでもするつもりだったのだろうか。

報告を要求した相手が、敵対国であれば、である。

目的がどうであれ「不明」と「不明」の時の間を、私たちは学徒として自宅から工場へ通い、働き、生き、五十二人の同学年の友人たちは、死んでいったのである。「その時」のはじまりを無田先生は、工場日記に遺している。

昭和二十年五月二十五日　金曜　晴

監督職員、経堂、無田、南。人員三二四。

欠勤者、―、―、―、以上四名。

遅刻なし。

事故、―、―、―、―、以上六名、入所式の際気分悪く休養す。

―子、扁桃腺の為発熱早引さす。

―子、腹痛にて薬を与ふ。

記事。

一、七時五十分整列、八時入所式開始。

一、九時より西郷寮にて練成第一日実施。

①責任者N大尉より一般的注意。

②C勤労課長よりの従業規則に関するお話。

昼食。

③厚生課D氏より健康保険に関する話。

④体操（工場鉱山基本体操）練習。

備考。三二五名にて出動命令を受くるも最初の日に遡り、生徒一名解隊された為、三二四となる。

工場日記に書かれているように、五月二十五日が、私たち三年生の入所第一日目である。入所式は朝八時から、三菱兵器大橋工場で行われた。場所はコンクリートの広場だった。

広場の東側には、国旗掲揚台があった。四角いコンクリート台に、木のポールが立っていたように思う。工場内の行事は――後には、学徒たちが出陣していく日の、送別の場ともなったが――ほとんどこの広場で行われた。いわば工場の中枢部で、国旗掲揚台がある東側をあけて、平たい工場群が、三方を囲んで建っていた。朝日は、さえぎる物のない旗竿の先から昇って、太陽と国旗に向かって、私たちは整列していたのである。

県下の各地から動員された女学生たちは、モンペ姿に、全員が「×女報国隊」の白い腕章を巻いていた。文字のない腕章を動員の前日だったか、学校から支給された記憶がある。白布の上に各自で、「×女報国隊」と謄写印刷をしたのを覚えている。制服もモンペも有り合わせの、下駄履きの集団が、腕章だけは見事に白白と統一されていた。さながらナチスの親衛隊で、しかしそのころの私には、恰好のよいファッションだった。中学生たちもカーキ色の制服の腕に、腕章を巻き付けていた。工場内で彼らとすれ違うことはあったが、入所式は、私たち女学生と日を違えて行われたのではないか。私の記憶にはない。

五月に工場動員されたのは十四、五歳の少年少女たちで、記録では昭和五年、六年生まれの私たちが、最後の動員学徒になる。この時期、教室で勉強していた生徒は、日本国中一人もいなかったのではないか。この年三月十八日「決戦教育措置要綱」を政府は閣議で決め「国民学校初等科ヲ除キ、学校ニ於ケル授業ハ昭和二十年四月一日ヨリ昭和二十一年三月三十一日ニ至ル間、原則トシテ之ヲ停止スル」と発表している。

発表があった昭和二十年三月の動員学徒数は大学、高等学校、専門学校、中学校、女学校、国民学校四、五、六年生をあわせて、国民学校の児童は農家の手伝いだが、三百十五万六千人に達している。(『生き残りたる吾等集ひて』)

学徒動員の内容はさまざまで十四、五歳の学徒少年兵が誕生したのも、この時期である。

我等みな嬉し、と嬉嬉として、希望する沖縄県立第一中学校に入学を果した、第六十期の少年たちは、三年に進学する直前、昭和二十年の三月二十三日の登校を最後に、通信隊などに入隊させられている。

『友、一中一条会』の手記に「我々一中二年生は正式な召集令状を配られて米軍上陸四日前に、軍電信第三六聯隊に召集配属された。十四、五歳の少年が、合法的に軍人として入隊させられたのであった。」と生徒だった一人は書いている。五十万人に及ぶ陸、海、空の兵力をかかえた米軍が、沖縄本島に上陸したのが、その年の四月一日。陸軍二等兵の星をつけた少年兵たちは、まだ子供でありながら、大人として米軍と戦い、戦死していったのである。日ならずして捕虜になった生徒もいる。

六月二十五日の沖縄戦完全終結までに——終結後も、軍籍にあった少年たちが栄養失調や、戦場で受けた傷のために死亡している——戦死した生徒は、七十二人と記されている。

民間人を巻き込んだ沖縄戦は、サイパン島に次ぐ民間人の戦争美談として、私たちの耳に伝わっていた。このような倒錯した現実のなかで、私たちは最後の学徒として動員されたのである。

所長の挨拶がはじまっていた。私たちは四六時中空腹で痩せていたから、開会間もなくから、貧血でたおれる生徒が続出した。無風の空は白く明るく、「日の丸の旗」が竿に巻き付いていていた。私は直立不動の背をまるめて、旗と、太陽を背にして立つ所長を眺めていた。私はいつも、その時時に対して真面目だったので、真剣に所長の話を聴いていた。そのうち私は、不安定な精神状態に陥ちていった。原因は、壇上にいる所長の存在だった。なぜ学徒である私が、工場責任者である所長の訓辞を受けなければならないのか、という疑問である。

私は周りの、友人たちの表情を盗みみた。みんな、壇上の所長を睨みつける真剣な眼差しで、話を聞いている。入所式に出席している校長先生も、今後、私たちと行動を共にしてくれる三人の女先生も、所長の話に耳を傾けている。これまで、生徒の上には校長と先生しか、存在しなかった。大東亜戦争開戦後、教練の教師として軍人が教壇に立つことはあったが、彼らは帰っていく客だった。朝夕、生徒としての身分の手がかりを、私は無意識のうちに、壇上の先生に求めていたようである。それが突然、所長と入れ替わった。不自然な所長と私、生徒との間には、生まれたばかりの関係とはいえ、関連性はなかった。

形で向き合っているうちに、所長の配下におかれた自分に、私は気付いたのである。しかしもっと早く、気が付くべきだった。工場の門をくぐったときに私は、自分の姓名が書いてある木札をとった。裏に番号が書いてあった。工場では、その番号が私だった。何の何子という個人は、無くなっていたのである。

カーキ色の戦闘帽をかぶった校長先生のまるい目と、キューピーさんのあだ名そっくりの笑顔が、生徒と向き合ってみえる。

背が高い、灰色っぽい目をした南先生は、胸をそらせて、後方の生徒の挙動を窺っている。経堂先生は、真ん中から分けた小さいひっつめ頭をかしげて、話を聞いている。眉間にしわを寄せた無田先生は、胸高にモンペの紐を結んで、足許のコンクリートをみていた。眉間にしわを寄せるのは、考えをまとめるときの、先生の癖である。いつもの朝礼と変らない先生たちの表情を眺めて、不安は少し薄らいだ。

入所式は、四十分ばかりで終わった。そこから私たちは、西郷寮まで歩いていった。西郷寮は長崎本線を渡った、草原のなかに建っていた。木造の二階家だったのではないか。低い山に囲まれて、後に、N高女生の待避所に決められた杉山が近くにあった。

西郷寮で私たちは、労働と学徒の心構えを教育された。この五日間を練成期間と呼んでいたが、生徒から職工への洗脳の期間でもあった。工場の幹部と軍人は、職場での注意事項、従業規則、精神訓話などを朝八時から夕方の四時五時まで、熱心に話す。軍人の大声は威嚇的で自信に満ちており、終わると、聞いている私たちのほうが、ぐったりと疲れた。

どんな話だったか。

面白かったのは、工場の秘密保持について、である。広くて暗い西郷寮の食堂でその軍人は、工場の周り、内部、工員の一人一人の言動に至るまで、敵の諜報部員の目は光っている、といった。大橋工場は秘密工場で、軍の機密に触れることが沢山ある、与えられた仕事、作業内容は、いっさい口外してはならない、ねじ一本の姿形からでも、いま工場でどんな兵器が生産されているか、彼らはさぐり出してしまう、また諜報員が、青い目の西洋人だけだと思うな、といった。大橋工場、兵器工場とか、固有の名で話してもいけない。以後は、「長第一二四一工場」と符号で呼ぶように。

いずれにしても名称に変りはなく、「長第一二四一工場」のほうが秘密めいていて、却ってスパイの注意をひきそうに思えた。それに、頭に長崎の長をかぶせるなど、才がなさすぎた。国民学校のころ私たちは「あいうえお」に番号を打って、番号を並べて、喧嘩相手の悪口を書いた。子供でも、それぐらいの知恵は絞れたのである。また、大橋工場が魚雷製造工場であり、俗に兵器工場といわれるほど軍需産業の場であるのは、長崎中の大人や子供たちが知っていることだった。長崎近郊の、九割近い人たちが、三菱系の工場で生計をたてていたのである。魚雷を造る鉄材の不足、〝造船所ではもう一隻の船も造られよらんげな〃、そんな噂までたっていた。

五日間練成を受けた西郷寮を、私は全体像として記憶していない。正確に、西郷寮の所在と行き道が知りたく、今年（一九八九年）の秋旅の時間を縫って車で走ってみた。浦上川、そして経堂先生が逃げていた——被爆後数時間して工場で死亡、と聞いていた——大橋。

運転手の説明で、それが浦上川であり大橋であるのを知って、私は驚いた。その日まで、あと一つの、小さな川にかかった小さな橋を、私はあの日の大橋だと思っていたのだ。それほど現在の大橋は、コンクリートで護岸された広い川を従えて、立派に造り変えられていた。僅かに記憶を呼び起こしたのは、西郷寮に向かう踏切りである。長崎本線の踏切りで、ここだけは四十四年前と変わらず、「踏切り」であった。

しかし周りは人家に攻められて、杉山からの帰り道に、妙子たちと笹舟を浮かべて遊んだ小川も、無くなっていた。車は舗装された、かなり急な坂道を上り下り、四方の斜面に建つマンションや人家の裾を、ぐるぐる廻る。西郷寮の近くまで、私はきているらしかった。

西郷寮の跡には、被爆死した七高生たちの碑が、建っている。生き残った同期生たちが、建立した鎮魂の碑である。碑は、西郷寮の跡の、白鳥公園にあるという。坂道を幾度も巡って、やっと白鳥公園と、緑色の碑石をみつけることが出来た。楠の大木が一本、碑の頭をおおって立っていた。N高女生の待避所になっていた山も、一面の杉の木もなくなって、空が明るく抜けていた。公園より一段高い、隣り合った広場はゲートボールの遊技場で、十人ばかりの老人が、木のボールを叩いて遊んでいる。砂でならされた広場には、草もなかった。

あのころ西郷寮の周辺は、浅緑の草で埋まっていた。草の香りがする湿気た風が窓から吹き込んできて、話を聞く私たちの睡気を、さらに深めていった。その草のなかで私たちは、体操を習ったのである。工場日記にある、「工場鉱山基本体操」である。並んで手と足を振り上げていると、夏草のなかから、青い小さいバッタが、ぴょんぴょん跳ねて出た。鉱山体操の指導者は、手をハンマーのように振り廻してみせる。まさに工場鉱山で働く逞しい男たちの、体操である。真似をして手足を振りながら、私たちはめくばせを送って、笑った。私の隣りの列にいた少女は、のどの奥でころころ笑った。睫の長い少女で、体操のたびに艶のある声をたてて笑った。その少女が美華だった。

妙子は練成第一日の感想を、「今日から工場生活がはじまる。」と書き出して、「大橋工場は遠かつた。今日はこれだけで修練は済んだが、とても疲れた。」と吐息まじりの文章で綴っている。広い額と、よく動く黒い目と、利発さをもった少女で、「しかしこれ位ゐで疲れてはいけない。」と戒《いまし》めている。

無田先生の工場日記に、動員解除になった生徒の記録がある。病気だろうか。それとも、環境の急変による精神的な苦痛からだろうか。精神の不安定による解除なら、動員学徒三百二十五人のうち、たった一人だというのが不思議なくらいだ。学校とは何も彼も異なる、急速な大人社会への移行に私たちはついていけず、疲れきっていた。私たちは混乱し、たった一日の練成で、読むこと書くこと考えることに、飢えを感じていた。このことは、練成の巧みさを物語ることで、女学校生活の三年間に得た、いささかの理性と判断力は、見事に打ち砕かれたのである。

だが、いますぐ教室に戻れば、充分に水を吸い取って膨らみ得る、心の渇きだった。

五月二十七日　日曜　晴

監督職員、無田、経堂、南。練成第三日。人員三二四。

欠勤者、一、一、以上一〇名。

遅刻、一、一、一、一名。

事故、一、三名。

記事。

一、八時集合、朝礼。

F訓育課長の指揮により体操、訓話。（海軍記念日）

二、九時四十分、食堂入場。
F訓育課長より講話。(工場に於ける精魂)
三、朝礼後直ちに、特殊学徒(身体虚弱者)の身体検査を受ける。(浦上分院にて、引率南)
昼食。
一、D氏の工場内に於ける学徒の心構に就いての話。
二、E氏の防諜に関する話。
三、F訓育課長の指揮により、体操の練習をなして終了、解散。

浦上の分院で、身体検査を受けた身体虚弱者のなかに、私は入っていた。十四、五人いた。引率者の南先生は、八月九日に被爆死した先生である。額にクレーンが当って、即死だった。遺体は先生の母親と、寺の下働きの男が、工場の焼け跡から連れ帰っている。三日四日経っており、遺体の腹部が膨れあがって、用意した棺の蓋が閉まらなかったという。転校生の私に何彼と心を配ってくれた南先生の最期が知りたく、十年ばかり前に、生家の寺を訪ねた。この寺には楠か樫の巨木があって、八月九日に、幹から二股に岐れた一方の枝が、折れてしまった。腐らないように、直径五十センチほどのトタン板の蓋が、切断面にかぶせてあった。先生の両親もすでに亡く、若い住職夫人が話してくれたのである。意見をはっきり口に出す先生で、慕う生徒と反抗する生徒に分かれていた。

南先生と私との付き合いは、二月ばかりである。家政科を教えてもらった。割烹の時間だったが、家から持参した配給米を洗っていると、お米はとがないこと、食糧不足のときに何をどう食べるか、それを考えるのも栄養学でしょう、と注意を受けた覚えがある。米についた糠まで食べよう、ということである。教えに従って炊いた私たちのテーブルのご飯は、糠臭く、不味かった。先生の授業を受けたのは、動員までに二回、ぐらいだったか。古い、歴史のある寺の娘でありながら、長崎に多い「異人さんの子のごたる」目鼻と、栗色の髪をした先生だった。盲縞のたっぷりしたモンペをはいて、長い足をしていた。

西郷寮から停留所までの田圃道を、身体虚弱者の私たちは、先生について歩いていった。電車の停留所は大橋にあった。橋の袂にある停留所が終点であり、折り返しの始発駅でもあった。

停留所には、トタン屋根に降りそそぐ陽の重みを感じさせる熱気が、溜まっていた。暑さのなかで私たちは、浮かぬ表情で電車を待っていた。戦時中の身体虚弱者は、あまり役にたたない、丙種合格の兵隊のようなものである。診断の結果では仕事が楽な、学校工場に廻されるかもしれない。落後者になって学校で軍服を縫うより、鉄を相手の工場で働きたい。それが戦時の学徒の、人並みということだった。全員が選抜身体検査に合格したが、虚弱者のなかでも私は、二十九キロそこそこの体重しかなかった。

ここまで書いて、やはり報告書に不確かさを覚える。動員令を受けた生徒たちの、選抜方法である。「学校医の身体検査に合格したもの全員を以て編成」と報告書にはある。すると、身体虚弱者の私たちも、動員適性者として編成されたのだろうか。

沖縄県立第一中学校の生徒たちのように、動員学徒の一人一人に、具体的な令状はない。しかし三年生全員に——長期欠席者を除いて——動員令は発令されている。

実際は、動員に適応するかどうかは、練成期間中に分院で行われた身体検査で、決められている。学校医の合格検査を、身体虚弱者まで含めていうのなら、選抜をしたことにはならないのではないか。

学徒動員は「戦時教育令」の勅令によって拍車がかけられ、政府、軍部、文部、厚生、農林、内務と、ありとあらゆる機関入り乱れての発令である。動員不適格の生徒を大勢出せば、学校の不名誉になる。戦争非協力者ともみられる。

I先生は詳しい話はしなかったが、この辺りにも、問題があったのだろうか。

西郷寮に残された妙子たちは、F課長から海軍記念日の話を聞いた。「宮城遥拝」の後、〝海の進軍〟を全員で合唱した、と日記に書いている。帝政ロシアと戦ったころの「日露戦争」の勇猛果敢な日本海海戦の話、海から空の戦いに移った昭和十六年十二月八日開戦の、大東亜戦争。肉弾戦に移った特攻隊の話などを、書いている。「〝讐敵米英〟が日本兵の遺体を道に並べて、戦車でその上を通ったお話、目標に日本兵の死骸を立てて、射撃の練習をしたお話、を聞いた。」追記があって、「実に醜いことの極みである。私たちはどうしてもこの敵を滅ぼさねばならぬ。」とおさげの頭に、きりりと鉢巻きをしめている。

そのころ相手国のアメリカは、テニアン原爆基地の設営を、開始している。精神主義で骨の髄まで鍛えられた私たちは、竹槍で戦う本土決戦を覚悟していた。同じ年の三月には、鹿児島県が戦地に編入され、大隅半島の志布志湾で本土決戦を迎える予定だったという。

本土決戦がどれほど悲惨な戦いになるか。サイパン島や沖縄戦のニュースを聞きながら、私は自分の戦争として、この悲惨な戦いを考えたことはなかった。「神国日本」の勝利は、既成の事実として語られていたから、覚悟も、いい加減なものだった。

残された一般生徒、妙子たちの身体検査は、練成四日目に行われた。前日に身体検査を済ませた私たちは、西郷寮の窓ガラスを拭いた。工場日記では、娯楽室と食堂の窓ガラスを拭いたことになっている。西郷寮には、鹿児島から動員された学徒、七高生たちが寝起きしていた。練成期間中、彼らの姿はみかけなかったが、そのころ既に、昼夜二交替の作業に就いている。徹夜作業を了えた幾人かが、二階の自室で眠っていたはずである。

眠れぬ夜を過した者も、いただろう。『わが青春―七高時代』には、窓辺に立って一人、〝おててつないで〟と童謡を歌う友人の思い出が、書いてある。またある生徒の一人は、朗朗と〝菩提樹〟をドイツ語で歌って、学ぶことを取り上げられた無聊《ぶりょう》を、慰めている。

この日、動員最初の警戒警報が発令された。私たちは杉山に待避した。動員の最初のころは、警戒警報で、学徒の――女学生だけだったのか――待避が許されていた。なだらかな斜面の杉は伸びやかに育ち、下草は、揃えてきれいに刈ってあった。坐ったり寝転がったりして、警報の一刻を私たちは楽しんだ。衣服、日常生活は窮迫していながら、戦争はまだ兵士の仕事だった。

杉山の頂きには、火薬庫があった。線路の近くには、ガリバーの腰掛けを想像させる、円柱形のガスタンクがあった。爆撃を受ければ、私たちは木端微塵になる。だが誰も、ガスタンクや火薬庫が爆破される日がくるなど、考えていなかった。

八月九日の被爆後、ガスタンクから垂直に昇っていく黒煙を、私はみた。地も空も燃え盛って、絶え間のない熱風が、爆心地の丘の上にいる私の頬を吹き抜けていった。芯に血の色を含んだ黒煙は、一筋の乱れもみせずに、空に昇っていた。

五月二十九日　火曜　雨　練成最終日

監督職員、無田、経堂、南。
欠勤者、―、―、四名。
遅刻、―、四名。
事故、―、二名。
記事。
一、八時集合。雨の止んでゐる間清掃作業。後入場。
二、九時よりT工務課長の講話。
三、十時よりS第二工作部長の講話。
昼食。
一、午后工場に集り（工員食堂二階）練成の終了式挙行。（総務部長挨拶さる。）
二、職場発表。四時半解散。

雨が降ったりやんだり、山と夏草に包まれた西郷寮は、湿度の高い熱気に蒸れかえっていた。青臭い草の香にむせながら、五日間世話になった西郷寮を、私たちは磨きあげた。掃除が終われば、全員各職場に散っていかねばならない。三年生全員の顔が揃うのは、これが最後である。大橋工場の敷地は、六万八千坪といわれている。その広大な職場に、三百余名の生徒が組み込まれていくのである。一人きりの職場もあるだろう。工員ばかりのなかで、うまく働けるだろうか。私たちは不安で、群になって丹念に掃除を繰り返した。

午後になって、私たちは大橋工場の工員食堂に集合した。終了式の後、生徒の氏名が読み上げられて、職場が決まっていく。十人、十五人、まとまった職場に配属された生徒たちが、安堵と吐息の混った声をあげる。先生たちは、静粛に、とたしなめるが、強くはいわない。生徒と同じように先生たちも、手放す不安があるのだろう。最後の辺りで、私の名前が読み上げられた。工務部厚生課だった。N高女の生徒三人が、厚生課に配属された。私は他の二人の顔を、知らなかった。忘れないように職場名をノートに書き、明日から仕事仲間になる二人の名前を、あわせて書いた。

妙子は機械工場の、仕上組立工場に配属された。十人の、大きなグループである。美華は、工作技術である。これは、十五人の仲間がいた。十五人のなかに、上海の女学校で同級生だった、法子がいた。動員直前の四月下旬、私より二月ほど遅れて転校してきた少女である。小柄で、頬がほの赤い、上級生に付け文される美少女だった。茶色いにこげの髪を三つ編にして、仔猫の絵をよく描いた。

上海の女学校も、昭和十九年の後半辺りから、動員態勢に入っていた。国の外に在るため、愛国心と居留民の戦争への結束を、形で現わす必要があった。日本内地より、形式上の締付けは、厳しかったように思う。

軍需工場のない上海では、女学校の校舎が、被服工場に変わった。中国人のボーイが週末、油をひいて磨きあげる廊下に、足踏みミシンが並べられる。ミシンは、生徒の家から供出したものと軍から運ばれてきた工業用ミシンである。上級生たちはそのミシンで、軍服、白衣、戦闘帽につける日除けの布を縫った。二年生の私たちはミシンで縫った後の、縫代の仕末をした。くけたり、かがったりする、手仕事である。私たちはお針子のように廊下に並んで、仕上げ枚数を競った。下級生の教室の廊下には、畳が敷いてあった。ある日、数台の軍用車が校庭に停まって、縁のない畳を運び込んだのである。その畳を、若い兵隊たちが教室の壁につけて、敷いていった。畳に正座して、私たちは針仕事をしたのである。糸、針、白衣、軍服、南方行きの日除け付き戦闘帽の材料は、一定期間をおいて、軍用トラックが運んできた。八百人の生徒では消化出来ないほど、ふんだんにあった。後日に知った、大橋工場の資材不足とは対照的である。戦争という異常時の、物と消費のバランスの崩れは、貧乏所帯の台所に似ていた。

白衣と軍服を縫う作業は、〝裁縫女学校〟の授業を受けているようなものだった。左人差し指の腹は、木綿針の突き傷で剣山のようにざらついていた。しかしくけ方まつり方、ボタンホールはうまくなった。白衣の裏についた毛羽でのどを痛め、ジフテリアと誤診されたあげくに、肺門淋巴腺炎を私は患った。大橋工場の労働と比較すれば、まだ天国だった。だが、意外な苦痛が軍服、白衣を縫う作業にもあった。白衣を縫っていると、これを着ている兵士の姿が、浮かんでくるのである。上海近郊には、野戦病院が幾つかあった。

小学生、女学生たちは慰問にいかされたが、そのときにみた若い兵士たちの肉体が、白布に包まれて、膝にのしかかってくるのだ。元気な病兵たちは、慰問にいった小学生や女学生について廻って、話しかけてくる。小学生だった私たちをみて、あの子はいい女になる、と呟いているのを、聞いたことがあった。病兵の枠を出た心と肉体は、少女の目にも男臭く、無邪気に振舞えない性的な雰囲気があった。見知らぬ男たちの肌を直に包む白衣は、不当に犯されて五感が肥厚していく、不快感があった。

仔猫の絵は、こんな時期に流行りだした。三本ひげを伸ばした、幼稚な仔猫の絵である。単純で、誰にでも可愛く描ける絵は、忽ち二年生の間に広まっていった。ノートの余白、提出する日記帖の端にも、書き付けた。教える場を無くした先生たちは、厳しく注意することはなかった。

法子は上海生まれの仔猫を、工作技術に持ち込んだようだ。仔猫の絵は、工作技術の女学生たちにも、流行りはじめた。連絡メモに、トレース用紙の端に、小指の爪ほどの仔猫を書き付けて、回覧していた。

工作技術には、高等学校、専門学校の生徒たちが動員されていた。製図を担当する工場の心臓部で、知的水準の高い職場になっていた。七高理科の生徒たちも、大勢配属されていた。

母校がある鹿児島市から、昭和二十年四月に、大橋工場に動員されたのである。彼らは宿舎として、西郷寮が与えられていた。これは長崎市にある、ニシゴウという地名からつけられたらしい。七高生たちはそれを、鹿児島の英雄、西郷隆盛にならって、サイゴウ寮と呼んでいたらしい。

西郷寮の印象を七高生の一人は、「四月十一日朝、長崎着。西郷寮に入る。かいこ棚式の殺人的な部屋である。此所で一年間労働生活を送るのか、と思うと身体の自信がない。これが戦争だ。」と『わが青春―七高時代』に書いている。入所式の日、壇上で訓辞する所長を、不思議な存在として眺めていた私とは、距離がありすぎる。しかしそれだけ、学ぶ道を断たれた彼らの苦悩は、深かっただろう。

焚書坑儒《ふんしょこうじゅ》ともいうべき時代に、彼らは西郷寮の、灯火管制の黒い防空幕の下に身を寄せて、教授たちの講義を聴いている。生き方を模索している。待っているのは、日ならずしてくる、出陣と死である。昼夜二交替、十三時間休みない労働を了えた後、なお数学の専門書を離さない友人に、「学問に没頭出来る君が羨しい、僕は淋しくて仕方がない」と一人の生徒が話しかける。するとその友人は、「僕も淋しくって仕方がないんだよ」と答える。考えることを必要としない「応召で欠けた生産ラインの穴埋め要員として、適当に分散配置された」不適切さと、徴用工のために作られた既成の規則を「遵守するように再再、要求」されて、彼らの苦悩は不満に変わって、鬱積していく。禁じられている長髪と伝統の腰手拭いで、自己主張を試み、青春のはけ口を求めている。工場側との衝突は、当然起きた。厳重な抗議がくる。考えた末、生徒の代表者は「基本にあるのは、人間としての価値判断の問題」として、最高責任者の所長に——海軍少将——面会を申し込む。来意を告げると所長は、「天をつくばかりの立腹で」「出て行け!」と入口をさして怒鳴る。代表者の生徒は必死に踏み止まって、負けずに生徒の心を主張する。

「一、高校生にとって蛮カラは素養である。

二、知的な生産活動に従事することこそ効率的であり、適正である。

三、気がたるんで精気が無いとの批判であるが、学生の情熱は外観では評価されない。ストーム等によって大いに情熱を発散すれば、気力も充実するのでこれを許可して欲しい。」

と訴える。海軍少将の所長は青年の心をくんで、月に二回、昼食を兼ねた懇談会を約束する。「この定例昼食会が、八月九日、午前一一時三〇分から開かれることになっていた。」と記してある。

「高校生にとって蛮カラは素養である。」とは、文句のつけようがない。私たち女学生も、彼らの蛮カラ素養に熱をあげていた。彼らに囲まれて働ける美華や法子を、私は羨しく眺めていた。美華たちは、仕事に必要な投影図の書き方、微分や幾何を習った。また昼休みになると、日陰に坐って、彼らから人生論を聞いた。恋愛論を聞き、寮歌やストームの話を聞いた。そして〝奇を衒うことに誇りと意義を覚える〟寮雨の話に頰を染めながら、急速に、知的に、大人に成長していった。

八月九日の原子爆弾投下で、西郷寮は全焼した。七高生十四人が被爆死している。法子も被爆死した。法子が愛していたらしい七高生のSも、被爆死した。前述したように、現在西郷寮の跡に、被爆死した十四人の名を刻んだ碑が、建っている。訪ねた日、長崎は快晴なのに風が吹き荒れていた。〝君な忘れそ楠蔭の　南の国のおきふしを〟刻まれた碑文に、公園の砂が吹き溜まっていた。指先で砂を払いながら私は、夕暮れの西郷寮の窓辺に立って、〝おててつないで〟と童謡を口ずさんでいたという青年の姿を、思っていた。同期生の誰かがかけたのだろう、珠の太い黒褐色の珠数が、石碑の頭で鈍く光っていた。

美華たちが工作技術に配属されたのは、先任者の、K高女生たちと交替するためである。彼女たちのセーラー服姿は、私の憧れだった。

職場に就く日がきた。五月三十日が初出勤である。工場日記は、

五月三十日　水曜　晴　入所第一日。

監督職員、無田、経堂、午后より南。人員三二四。

欠勤者、—、—、以上七名。
遅刻、—、—、二名。
事故なし。
記事。
一、八時、工場国旗掲揚台下集合。
①朝礼。
②職場配置、通達。（各係引率のもとに。）
③職場に就く。
④早退願、名簿製作提出。
昼食。
①場内巡視。
特別事項、五月三十日、生徒一名（注、初日に解隊された生徒）動員解除を受く。
五月三十一日　木曜　晴
監督職員、無田、南。欠勤、経堂。
欠勤者、—、—、以上七名。
遅刻なし。
事故、—、—、以上二名。頭部に不注意の為軽傷を受く。（窓枠の角にて打撲。）

記事。

各職場を巡視せるも、未だ配置が分らず、全ての生徒に逢ふ事が出来なかつた。各職場の係長の指図により、基本訓練を受けてゐるもの、基礎知識の講義を聞くもの、清掃をさせられてゐるもの等、種々あり。

広場に集合した私たちは、迎えにきた職場の責任者に連れられて、各工場に分かれていった。ちりぢりに去っていく生徒たちの数を、先生たちは名簿に照らして、間違いがないように記録している。目は忙しく名簿と生徒の間を往復しながら、後でいきますからね、と生徒に声をかける。

私の職場の責任者は、なかなか現われなかった。広場に、二十人ばかりの生徒が残されていた。どんな男が迎えにくるのか、私は、主人か仲買人を待つ奴隷の心境で、先生の周りに立っていた。藍色の作業衣を着た小柄な男が、国旗掲揚台の裏手から歩いてくる。片方の半袖が肩から風に揺れて、男は片腕が無いようである。

男は姿勢を正して無田先生の前に立った。そして、職場名を告げた。私の職場だった。原という少女と、私の姓名が呼ばれた。私たちは男について、灰色の道を歩いていった。工場と工場の間の、日陰の道に入ったとき、三人じゃなかとか、と男がはじめて口をきいた。蓮田さんは病欠です、と原が答える。男は黙っている。救急袋と防空頭巾を両肩にかけた私たちは、弁当箱の包みをもって、小走りに男の後につく。男は足が早かった。建物の角を曲るたびに、立ち止まって振り返る。私たちはその都度、足を止める。怯える二人の姿が、男はおかしいらしい。取って喰やあせん、と大声でいった。

言うくらいだから考えてたのよ、と早口で原がいった。西洋人形のような髪と目をした原は、茶目っ気があった。

男は、肩幅と頭の鉢が、ずば抜けて大きかった。大きな頭は、男の自慢らしかった。背丈は、原や私ぐらいだったろうか。男、即ち副長は、肩を振って幾つもの角を曲って歩いていく。鉄骨とコンクリートとガラスで建った、立派な工場群が終わった。見通しがよくなって、草原になった。短かい夏草が生えた空地に、煙突が三本立っている。三階建てのビルディングほどの、高さである。煙突は地面から生えて、辺りに建物は何もない。草原に沿って、コンクリートの高い塀があった。

草のなかに、踏みしだいた細い道が出来ていた。道の先に、木造平屋があった。三角や四角のガラス片を寄せ集めた窓ガラスが、パズルのようにはまっている。その乱反射する窓の前に、人が並んでいる。歓迎の人たちらしかった。男が三人いた。一人の男は、片足が不自由のようである。女が一人いる。中年の女で、原と私をみて、軽く口を開けて笑っている。四人は太陽に向いて立っており、まぶしくて、二人の顔がよくみえないらしい。私のほうからも、陽をあびて乱反射する窓ガラスのために、女の大きな口だけが目に入った。

あれが厚生課？　と私は小声で原に聞いた。違うやろう、といいながら、原も不安な目で、小舎と工員を見比べている。

副長が、コールタール塗りのトタン屋根の前で、歩くのを止めた。日光にさらされて、灰色にささくれた板切れの小舎が、私たちの職場だった。私たちも立ち止まった。小舎の周りにかげろうが立って、塀の外の遠い山が波打ってみえる。人もゆらいで、こんにちは、と中年の女子工員が、頭をさげないで挨拶をした。

小舎の入口近くに、トタン一枚で屋根をおおった、作業場があった。木の柱を四隅に立てて、上にトタンをのせた、壁のない作業場である。老人の工員が一人、かまどに石炭をくべている。老工員の作業場のすぐ裏が、塀になっていた。塀に沿って、小さなどぶがあった。

老工員の作業場から二メートルばかり歩くと、塀の一箇所に、鉄の扉がついていた。頑丈な鉄の錠がおりて、塀の外は人や馬車が通る、公道になっている。観察していくと、これからはじまろうとしている仕事の場が、すべて工場の廃品で賄《まかな》われているのを、私は知った。働く人も、工場や戦場で傷を負った者と、戦場には征けない老人が集められていた。身体虚弱者の私も、その一人だった。

ただ一人、堂堂とした体軀の持ち主がいた。職場長の、工長と呼ばれる男である。彼は小舎の入口に近い事務所の、広い机の前に坐っていた。上半身裸で、シルクのように光った褐色の肌をしていた。副長がすり足で進んで、女学生たちを連れてきました、と報告する。おうっ、と腹式呼吸法の発声で工長は答えて、廻転椅子を左右に小刻みに廻し、一人足らんたい、といった。欠勤しとります、と副長が答える。工長は頷いて、仕事ば教えてやれ、という。私たちの後についてきていた中年の女工が、うちが教ゆるよ、と先に立って、土間の通路を歩いていく。私たちが配属されるまで、そこは中年女の職場らしかった。女子工員の言葉を抑えて、はっ、教育します、と副長が敬礼をした。軍人上りの副長は上海事変で、腕を御国に捧げたのだという。私たちを促して部屋を出た副長が、事務所に一人おきますか、と戻って工長に聞いた。事務所には、挺身隊の女性が一人いる。事務は足りているようで、いらん、と工長がいった。ですが紙屑再生は二人おれば足りますけん、一人は工長の使い走りに残しときましょう、と副長がいう。あと一人が出勤してから決めればよか、と工長がいった。原と私は副長の案内で、職場に向かった。

小舎の内は、みかけより広かった。縦に長い小舎で、中央が黒土の通路である。通路をはさんで、作業場は振り分けになっている。黒土の暗がりを奥に進んで、出口に近い右側に、紙屑再生場があった。作業場も土間で、十畳ばかりの部屋である。入口は滑りが悪いガラス戸で、塀側に面した壁の一部に、木の引き戸がついていた。一間幅の、厚い木の戸だった。ついてきた女子工員が先廻りして、木の大戸を押し開ける。部屋は明るくなり、塀の彼方に、浦上の丘陵地が広がってみえる。はるかな丘の赤い建物をみて、刑務所やろか、と原がつぶやいた。丘の上の建物が刑務所なら、近くの丘に、浦上の天主堂がみえるはずだった。私は、引き戸の外に出てみた。小舎に入るときにみかけた鉄の扉が、すぐ右手にあった。小舎と塀の間は思ったより広く、キャッチボールが出来るぐらいの草原になっている。赤い建物の後方に、黒みをおびはじめた緑の夏山が、重なっている。それが後に、八月九日の明暗を分けた、優しい裾野を広げた金毘羅山だった。

台の上にあがれ、と副長がいった。副長がさした台は、入口のガラス戸の際に、壁に付けておいてあった。風呂屋の番台風で、原が、脚立を使って台にあがる。いわれるままに、番台の上にある木の腰掛けに坐る。そん竹籠をもってこい、と今度は副長が私にいった。女子工員が素早く、副長の前に竹籠を引いていく。籠は、私の胸許まであった。のぞくと、なかに紙屑が入っている。唐丸籠のようで、原と私と、欠勤している蓮田が入ってもまだ、ゆとりがある大きさである。胸から上を籠のなかに折り込んで、副長が紙屑をとる。そして広げる。それから、紙に付いている塵を、勢いよく払ってみせた。私は顔をそむけた。

お前が塵を払い、お前が受け取って水と紙屑の量を測りながら機械に入れる、と私と原を交互にさして、副長がいう。これ何ですか、と機械をのぞいて、私は副長に聞いた。副長は質問を無視した。そして、紙を選り分けんか、といった。籠のなかをみて、みんな屑ですが、と私がいう。副長の目が光った。だが小言はなく、弁当を包んだタクアン臭い新聞紙を拾い上げて、私の目の前でぱたぱたとはたいた。副長はそれを私に渡し、屑にみゆるか、といった。どう見てもただの紙屑だった。しかし正直に答えれば、副長は待ち構えていて、噛み付いてきそうに思えた。察して原が、私の手から新聞紙をとった。それを、機械に取り付けてある漏斗の口に、ねじ込む。水を出せ、と副長が命令する。木の漏斗の口許に、蛇口がついている。原がひねる。水が、迸り出た。ばかもん、風呂の水を溜むつもりか、と副長はいって、壁についたスイッチを入れる。機械が作動をはじめた。二、三秒経つと、機械の吐き出し口から、ぺたぺた音をたてて、水に溶けた紙屑が流れ落ちてきた。それは下痢便に似ていた。こみ上げる笑いを噛み殺していると、水気の多い製品をみて、赤ん坊の指の太さまで水を細めろ、と副長がいった。

与えられた仕事は、六万八千坪の工場から排出される、ありとあらゆる紙屑を水で溶解させ、粘土状に変えることだった。粘土状に崩された紙屑は、トラックで運び出され、下請け工場か町工場で、紙に再生されるのである。作業も機械も単純だった。機械の本体は番台の横に取り付けてあり、番台が必要なのは機械の固定と、漏斗の口が、高い位置にあるからである。番台の腰掛けに坐ると、漏斗の口と手の位置が、同じ高さに揃った。

機械は、番台にあがっている原の体を震わせて、廻転を続けていた。天井から斜めにおりたベルトが、機械のモーターを動かしている。

紙屑は漏斗の下の胴の部分に落ちて、十字型の鉄棒で攪拌される。土間にある鉄板の受け皿の上に、製品は吐き出される。これが機械の仕組みである。水と紙屑のバランスさえ覚えれば、幼児にでも出来る仕事だった。粘土状の製品が溜まると、作業場の隅に、積んでおけばよかった。男たちがトラックで取りにきた。

仕事は単純だったが、疲労は練成期間と比べものにならなかった。後でいきますからね、と背後から声をかけてくれた先生は、仕事が終わるまで現れなかった。疲れた原と私を救ってくれるのは、木戸の向こうにみえる町の風景と、蛇口から流れる清麗な水の光だった。

〝各職場を巡視せるも、未だ配置が分らず、全ての生徒に逢ふ事が出来なかつた〟と無田先生が記述しているように、なかなか先生は、三人の職場をみつけ出せないらしかった。生徒の私たちも、どの工場の詰所に先生がいるのか、判らなかった。

仕上工場に配属された妙子は、〝組長さんはとってもよい方だ〟と仕事はじめの日記に、つけている。

「五月三十日　水曜日　晴天

起床五時四十分、就床十時。

今日からもう工場に勤める。第三門を通つて広場にあつまり、朝会が終つてから仕事の別に分かれた。私達は仕上工場なので十人並んだ。他の組の人は工場見学をされたが、私達はやすりで研《と》ぐけいこをした。鉄を研ぐのだから細心の努力が必要である。一つするのにわづか一粍の千分の一ぐらゐしか研げない。それを昼までにやつと五粍ほど研いだ。十時にＺ先生を見送りにいかれたが、私達は知らなかつたから行かなかつた。昼すぎ班長さんに出逢つたので、〝今から用事のある時や昼食の時は教へて呉れんね〟といふと、〝貴女たちはいつでんとんちんかんな事ばかりするけん、見つけるとに困るとよ〟とおつしやつた。」そういわれて日頃明るい妙子が、口惜し涙を流している。取り残されて、妙子も淋しかったのだろう。妙子にとってその日は厄日で、「帰つてからすぐ足を洗つた。下駄を履いていつたので足がすぐ汚れる。今日下駄の配給があつた。私は大きいのが当つた。仕事をすると手が油ぎるので気持ちが悪い。それを又油で洗つて水洗ひする。手は油で洗はないやうにしよう。下宿に帰つたら、みんな夕食をすまして私のお膳だけ残してあつた。

夜風呂に行つたが侮辱されたので帰つた。今日は口惜しい日である。」と結んでいる。石炭、薪は、風呂を沸かせるほど、十分な配給はなかった。もらい風呂にいったのだろうか。

連絡の不備は、職場の方々で誤解を生じていた。だが珍らしく連絡がついて、原と私は、出征するＺ先生を鉄道の踏切りまで、見送りに出ている。Ｚ先生は、三年に進学した私の、クラス担任だった。動員に同行する予定だったが、兵隊にとられて取り止めになった。私たちの班長は蓮田だったので、欠勤の蓮田に代って伝令の役を務めてくれたのは、副長だったのか。

Z先生は、浦上駅を十時に通過する汽車で、長崎駅を発つことになっていた。クラス全員と、特に用のない三年生たちが、長崎本線の踏切りまで出て、汽車を待った。踏切りは工場の第三門と、西郷寮の中間にあった。

沿線に並んで待っていると、汽車がやってきた。列車のデッキに降りて、Z先生は手を振っていた。バンザイの歓声が列車について進み、やがて先生は私たちの前を通り過ぎていった。先生は、四十歳に近かった。笑顔で手を振り、遠ざかる列車から身を乗り出して、元気でなあ、と先生はいった。列車は、道ノ尾に続く山陰に消えていった。

相次いで、四十代の先生たちが出征していった。猫背で、前歯が出た数学の先生も出征した。動員令を受けて、バンザイ、と私たちが叫んだとき、生徒は勉強しとればよかと、と吐き捨てるように一言、いった先生である。

四十四年ぶりに訪ねた踏切りの両側は、防音壁と金網が張られて、土の無人踏切りも、コンクリート踏切りに格上げされていた。Z先生を乗せた列車が、黒煙を残して消えていった緑の山は、これもコンクリートの城のように、山裾から固められていた。踏切りだけが踏切りとして残っていた。

六月一日　金曜　晴
監督職員、無田、南。欠勤、経堂。人員三一五。
欠勤者、―、―、以上一三名。
遅刻、事故なし。
記事。
一、大体職場によつては配置も決り、仕事に着いてゐるものが多い。
二、電車の定期券を頂く。
三、今日より夏服と更衣す。（相当目立つし、白で汚れ易いので如何かとも思はれる。）
特別事項。
〇〇子入所、第三機械の方へ配置を願ひ、工場長に会つて、適当な部に着く。
六月二日　土曜　晴
監督職員、無田、南。欠勤、経堂。人員三一五。
欠勤者、―、―、以上一一名。
遅刻、―、一名。
事故なし。
記事。

一、〇〇子は（注、六月一日入所）真面目に仕事に就いてゐるやうに見受けらるも、××の（注、班長）見た所によると相当心配する模様なり。
二、健康保険証を頂く。
三、種々通達事項あるも、連絡がうまくとれず、通達の洩れる恐れあり。
四、退場の際の二列行進を強調す。
五、職場次第では手甲、上外被類を準備さす。

健康保険証、定期券は、工場から学徒に支給されたものである。退場の際の二列行進強調は、帰宅する妙子や私たちが工場内の道を、横に広がってだらだらと歩いていたからである。

隙をみせてはいけません、と注意を受けた。そのことが早速通達事項になった。

六月四日の工場日記には、〝不良工員、学徒の一斉検挙をなす〟とある。〝退場時の身の廻り検査を行ふやも知れず〟ともある。監督職員は早出と遅出、終日に分けられたようで、早出無田、遅出南、終日は二日まで病気欠勤していた経堂先生が、勤めている。学徒同様、先生たちにとっても、工場は未知の世界だった。『生き残りたる吾等集ひて』によると、「教壇を離れた教職員が作業場の条件に適応するにはかなりの努力を要した。」としてある。そのため文部省は「学徒勤労派遣責任教職員ノ指導ニ関スル件」「出動教職員執務要領」（昭和十九年九月）を指令して、「教育にあらざる教育の実施を強制されることに対するヒューマニスティックな抵抗と良心への呵責」に苦しむ教師たちを激励している。入所式の翌日から欠勤を続ける経堂先生は、骨の細い、いつも泣いたような表情をしている先生だった。

一週間が過ぎていた。日曜日は交替で休みをとることに決められていた。休日なしで二週間目に入った生徒もおり、疲労のために、精神状態が不安定になっていた。まとめ役として、グループごとに班長が決められて、同級生の仕事ぶりも報告される。仲の悪い生徒は不利で、監視される不満が溜まっていった。男子工員と女学生間の、仕事の上での争い、付き合いも問題化しつつあった。

島流しの状況にある私たちの職場は、屑処理の不満のほかは、平穏に過ぎていた。欠勤していた蓮田も職場に就き、私たち三人は初対面なのに気が合った。事務処理のうまい原を事務所に残して、蓮田と私が紙屑処理に廻った。事務所にいて、工長や副長の監視下にいるより、他人の屑をあさっているほうが、気楽だった。

妙子は口惜し涙にくれながら、生来の利発さで、仕事に励んでいる。

「六月一日　金曜日　雨後晴天

起床五時四十分、就床十時。

ドドドーといふ雷の音で目がさめた。五時四十分である。雨がじゃあじゃあ降って、時々ピカリと光る。凄い雨降りだ。急いで顔を洗つて食事をしてゐると、—さんが呼びに来られた。(略)今日から思案橋の方から廻つて、大橋に行くのである。電車を待つ時も濡れて気持が悪かつた。七時半に工場に着いた。今日もヤスリの稽古である。(略)朝十時ごろ国民学校のF先生が廻つておいでになつた。知つてゐる先生なので恥かしかつた。」

六月二日の妙子の日記には、〝工員さんと—さんがよく話をしてゐる。人から誤解を受けるやうなことは絶対にするまい。〟朝から夕方までヤスリかけと、曲った釘を延ばす作業の連続に、〝もう大分あきてきた。帰りに並ばずに歩いてゐたので南先生から注意を受けた。〟と記している。

仕事が終わって、疲れきって帰るとき、二列縦隊を作って歩くのは努力がいる。努力出来る余力もないほど、心と体の疲労感は深かった。そして、妙子は、お国のために働く、と意気込みながら、巡廻してきた国民学校時代の先生に働く姿をみられて恥かしかった、と書いている。油と鉄粉で汚れた顔と手足をみられたのが、少女の心を傷つけたようである。労働をしている姿をみられたのも、恥かしかったのだろう。私たちは、労働で金を得ることを、賤しいものとして育てられた。金銭を侮ることで、精神を高めていたようでもある。また、曲った釘をのばしながら、動員の目的からかけ離れた作業に、疑問をもちはじめていたのかもしれない。

精密工場に廻された生徒たちは、魚雷の推進器の検査をあてがわれた。推進器のプロペラを回転機にはめて、風を送る。回転数を調べる仕事で、千五百回回転すれば、合格なのだそうである。魚雷を走らせる原動力が、推進器とか。入所して一週間足らずの少女たちが、合格不合格を決めていた。改めて精密な検査が行われていたとは思うが、魚雷は爆破目標に、直進したのだろうか。

N高女生が配属された職場は、十九箇所記録されている。第一から第四までの機械工場と、第一第二仕上工場。第一第二精密工場。鍛造工場には、十五人が配置された。金属を熱して叩く、騒音と熱気と、これこそ屈強な肉体をもつ、男の大人の職場である。天井には、大型クレーンが走っていた。クレーンは下から紐で引いて、女学生たちが操作していた。鍛造に配置された生徒たちは、頭痛と吐気を訴えるようになった。工場から家に戻って、家の周りが静かになると、耳鳴りがはじまる。こめかみの辺りから騒音が湧き上がって、眠れぬ夜が続く。欠勤者が増えていった。体力的に楽な職場が工作技術、検査、業務、企画、衛生、倉庫、給与などである。

六月五日になると、動員解除になっていた生徒が職場に復帰してきた。空襲を恐れて、長崎を出ていく生徒が増えた。一方、他県から転入してくる生徒も、多くなった。安全な地を求めて出たり入ったりしながら、動員生徒数は、三百二十七人に増えている。六月十二日には、生徒総員三百三十人である。

無田先生は〝風雨烈し。梅雨に入つたものと思はる。雨天の際は、電車益〻混乱す。〟と記している。翌日は、動員以来最高の欠勤者で十九人。翌十四日が二十一人。指先、足などの打撲事故、機械を落したり、ハンマーで指を潰したり、作業中の初歩的事故の続出である。

紙屑再生機は単純構造でありながら、偏窟者だった。気に入らないと、すぐに故障した。原因は、私たちにあった。私たちは日日横着になって、紙屑の塵を払わずに蓮田に渡し、蓮田も調べずに漏斗に押し込む。まるめられた紙屑のなかには糸屑、爪、布っ端、鉛筆の削りかす、紐、生活から出るあらゆる屑が包まれている。それをそのまま機械に入れるので、糸屑や布っ切れが、十字の攪拌棒にからみつく。十重二十重と捲きついていって、ついに機械は廻転を止める。モーターは力にまかせて廻そうとするから、硬い音をたてて、空廻りをはじめる。うめ干しの種、古釘、針金が混っていることもあった。耳聡い副長は機械の不調を、どこにいても聞きつけて、飛んできた。言訳はいっさい聞かず、蓮田と私を怒鳴る。副長の血管が浮いた顔と怒声は、肌に粟粒をたてた。蓮田と私は相談して、副長が作業場に入ってこないように、ガラス戸に錠をかけた。

紙屑再生が「危急存亡のお国を救うため」であっても、屑は屑だった。しかし屑にも、予期しない伏兵が潜んでいた。紙屑に包まれた他人の青っぱなや痰も不快だったが、より不愉快なのは、自分の心だった。上海の、白衣作業で経験した精神の肥厚と同類で、紙屑に包まれた内容物は、憶測の世界に私を連れ込んでいった。

紙屑には茹卵の殻や、ときにはバターボールの包み紙がくるまれていることがあった。バターボールの包装紙に残ったバター臭さは、想像するだけで生唾が湧いた。蓮田に気付かれないように匂いを嗅いで、ある所にはあるものなのだ、と溜息をついた。卵も珍重な食べ物だった。どんな手蔓で入手するのか、と無意識のうちに他人の生活を、詮索している。私は、卑しくなっていく自分が、厭になった。

青っぱなと痰は、生理的に受け付けなかった。洟をかんだり、痰を吐き出したりする音まで、感じるのである。無関係な人間の生理に対抗するためには、鈍重な神経になるしかなかった。

次いで悩まされたのが、蚤の大群である。狡猾な赤茶色の背をまるめて飛びかかってくる蚤は、「五百石の金毘羅船の帆や幟に、びっしりたかる虱」と違って、飼うことも、取って食うわけにもいかない。ぴょんぴょん跳ねて、屑籠が土間におろされるやいなや、蓮田と私の手足に喰い付いてくる。ゴム紐で締めたモンペの裾からもぐり込んで、ほどよい温度と湿気が保たれた肌の上を、跳ね廻る。南京虫の免疫なら上海で付けている私も、蚤は手に負えなかった。

やがて私は、蚤の免疫も身に付けた。ペストにも発疹チフスにもかからず、副長に怒鳴られても薄笑いを浮かべていられる、丈夫な動員学徒に成長していった。

追想記のなかで七高生の一人は、〝いま流行の言葉でいえば、おかあさん、あのしらみたちはどこにいったのでしょうね〟と今昔をユーモラスに風刺している。雲霞のごとく群がって、蓮田や私の肌をモザイクのように飾りあげたあの蚤たちも、そして西郷寮に巣くっていた同類たちも、本当に何処にいってしまったのだろう。彼らも閃光の一瞬に、命を断たれたのだろうが。

妙子は初歩的なヤスリ作業から、めっき作業に移された。仕事らしい仕事を与えられて、めっきの工程を熱心に習った。まず、めっきする鉄片を、サンドペーパーで丁寧に磨く。滑らかになった鉄片を、大がめの第一溶液につける。次に、刺激臭の強い、塩酸のかめにつける。酸化した鉄片を、次ははんだにつける。更に塩酸のかめにつけて、ソーダ液で洗って仕上げる。のどや鼻をつく劇薬に咳込みながら、妙子は、教えられた〝どぶづけめっき〟の手順を追う。作業は面白かった。与えられた量を、妙子は二時間でこなしてしまった。妙子の青く澄んだ白目はただれて、見開いていると、涙が流れた。

退社までに、時間があった。ソーダ液で白く荒れた指先を洗っていると、腕のあちこちに、水ぶくれが出来ている。塩酸からはんだに鉄片をつけかえるときに、急激につけると四、五百度に熱せられているはんだが、玉になって散る。要領をしらない妙子の腕にはんだが飛んで、水疱を作ったのである。

終業時までの仕事をもらいに、妙子は組長の所にいった。いまんところ何もなかねえ、と組長がいった。ぼんやり外をみていると、強い西陽のなかを、男子工員たちが土運びをしている。工場の敷地内に、急場の待避壕を掘っているのである。仕事のない二、三人の女学生を誘って、妙子は壕掘りの仲間に入った。工員たちは、みな十六、七歳の少年である。

女学生が加わると、作業場は賑やかになった。少年工の一人が、リヤカーに土を盛って牽いていく。掘り出した土を、敷地の外の空地まで捨てにいくのだ。妙子は走っていって、リヤカーの後を押した。少年が勢いを得て、走り出す。空地の原っぱに土を捨てると、門まで乗ってよかよ、と息をきらせながら、少年がいった。妙子は近くにいた女子工員と、赤土がついたリヤカーに乗せてもらった。ようつかまっとらんね、といって、少年が走り出す。振り落されないようにつかまって、もっと早よう走って、と妙子は叫んだ。

作業を了えて手足を洗っていると、めっき用の大がめの前に立っていた少年が、またあしたもリヤカーに乗せてやるけん、といった。妙子は、ありがとう、と答えて、誰か友達に聞かれなかったか、辺りを見廻した。

工場の中二階にある教官詰所から、南先生が降りてきている。先生は、よろけながら鉄材の束を運んでいる二人の生徒に、気をとられていた。妙子は安心して、明日からは誘われても決してリヤカーには乗るまい、絶対に口もきくまい、と心に誓った。しかし妙子は、ひさびさに気持が明るかった。

八月九日、少年工は壕掘り作業を続けていた。並べてあった、めっき用の三つの大がめは、爆風で横倒しになった。かめは割れて、はんだの槽も倒れた。広口の大がめは妙子や少年工の、腰骨の高さまであった。悪臭がひどいので三つのかめは、出入り口においてあった。出入り口は、爆心地と広場に向いており、いつも開けてあった。

仕上工場、工作技術など、N高女生が配属された職場は、ほとんど、広場を中心に建っていたのである。

職場について二週間が過ぎると、兵器の資材不足は、私たち女学生にも判った。仕事のない動員学徒が増えて、機械の陰に集まって雑談をする。それを通りすがりに、工員たちがからかう。盗難事件がおこる。学校に呼び出されて、校長の訓戒を受ける生徒が出る始末である。

六千人とも八千人ともいわれる工場従業員が排出する紙屑が、竹籠に半分という日が、続くようになった。暇をもて余した私は、作業場の裏に出て、丘の上を流れていく雲を、眺めて暮した。教科書をもっていって、勉強しようと思う知識欲もなく、読書する気力もない。いたずらに疲れていくばかりである。ただ無気力に日を送り、いつか誰かが終わらせてくれる戦争を、私は、当てもなく待っていた。どんな形で、どんな終わり方をするのか、それは考えなかった。

時折り工作技術から、青写真が運ばれてきた。質のいい厚い紙で、白地を外に、四つ折に畳んである。魚雷の複写図面のようで、青写真を溶かした製品は、つきたての餅のように粘りと艶があった。芳ばしいパルプの香がした。

青写真を運んでくるのは、保安課の職員だった。立派な大人が二人、竹籠に付き添ってくる。彼らは作業が終わるまで、見張っていた。終わると、粘土状になった製品を棒でついて、文字が残っていないか、丹念に調べる。高等学校の、生徒が運んでくることもあった。それほど重要な図面ではないらしく、頼みます、と帰っていく。広げると新聞紙の二、三倍ある用紙を、わざわざ破いて溶してしまうのである。手許にあるノート、教科書、新聞、どの紙より上質で、綴じて、ノートを作りたい誘惑に駆られた。

丸で囲んだ、秘の文字が複写された青写真もあった。最高機密に属する図面のようで、その日のうちに作業が終わらないと、保安課の職員は青写真の枚数を数えて、手帖に書き付ける。残った青写真は、備え付けの木製の物入れに仕舞って、彼らは鍵をかけた。鍵は、工長が預かっていた。翌朝、蓮田と私が鍵をもらって、作業にかかる。作業前に保安課の職員が、数を当たりにくることは、まずなかった。ざるで水をすくうような大人たちの遣り口が愉快で、私たちは番台の上に青写真を広げて、思いきり落書きをした。

ある日、私たちが紙屑を処理している所へ、高等学校の生徒が、青写真を運んできた。鼻汁が黄色くしみついた新聞紙をつまんでいる私をみて、そんなものまで君たち処理しているの、と聞いた。蓮田が、毎日です、と答える。不衛生だなあ、マスクだけでも掛けたほうがいいよ、軍手だって要求すれば工場に有るはずだよ、といった。要求、という言葉に、私たちは目をまるくした。こういう時代に、要求などという個人的な意思表示をしていいものなのか。従うことしか知らない私たちにとって、高等学校の生徒の言葉と意識は、驚異に思えた。新鮮な道を、拓かれた思いもした。

五時の作業終了を待って、蓮田と私は早速工長に、軍手の支給を要求した。廻転椅子の軋みを楽しんでいた工長は、軍手、とのどかな声で聞いた。団扇で、工長の頭に風を追っていた副長が、煽ぐ手を止めた。

何に使うとか、と代って聞く。不衛生ですから、軍手が要ります、と私が答える。素手で排泄物をつかむ不衛生を、蓮田が優等生らしく、筋道をたてて説明する。お前たちは、お国がどんげん時にあっとか知っとっとか、と副長が決まり文句をいう。お上からお預りしとる品物を無駄には出来ん、といった。話はそれで終わった。

蓮田と原と私は、三人揃って帰り仕度をはじめた。作業場の外にある水道で手を洗いながら、面白かったね、と蓮田がいった。今度はマスクを要求しない、と私がいった。私たちは思ったことを発言したことが、嬉しかった。三人の頭上に君臨して、み国をかさに立ちはだかっていた副長の骨太い体が、少し揺いだように思えた。

戦争中の日常と動員生活に、潤いを感じたときが、私にあっただろうか。空襲警報下の町を、山吹の花束をかかえて走ったことがある。黄金色の花びらが石段に散って、足手まといになった。下宿の主婦は、腹のたしにもならない花をかかえて、こんなんは、と笑った。花は友人がくれたもので、友人のように花に心をよせるゆとりが、私にはなかった。一重の山吹は、金箔を撒《ま》いたように石段の上で輝いていたが、美しいとも思わなかった。私が忘れていた潤いを、妙子は日記に書き留めている。

「六月六日　水曜日　晴後風雨

起床五時五十分、就床十時。

今日は端午のお節句だ。（月遅れのお節句なのか）昨日がお節句だつたがをばさんが忘れて赤飯をたかれなかつたので、今日が家ではお節句だ。小さい鯉のぼりをたててやると×ちやんは喜んでゐた。

今日は仕事を（工場）くださつた。仕事をするのは面白いがむつかしい。三時の体操のとき工員さんの体操をみてゐた。正しく立派にする人があるかと思へば、だらしない恰好でする人もゐる。私は前者を真似しよう。」

小さな鯉のぼりは、色紙で折ったのだろう。割箸か笹の先にさげて、二階の窓の手摺にたてでやっている妙子の顔が、目に浮かぶ。あのころ長崎の空に、鯉のぼりは泳いでいたのか。空襲警報で空ばかり気にしていながら、真鯉も緋鯉も眼中になかった。

例の如く、紙屑再生場は工場の孤島だったが、工場の広場では毎日、工場鉱山基本体操が行われていた。錬成の日日、工場鉱山、とメガホンから流れるたびに笑っていた少女たちは、逞しく、工場鉱山基本体操をこなしていた。

八日は、小雨の大詔奉戴日である。毎月大詔奉戴日には、広場で朝礼が行われることになっていた。七時半からで、私たちはいつもより早く、この日は出勤した。増産運動の表彰があり、妙子の職場は一位になった。褒美に、茂木びわをもらったようである。

長崎の初夏は、びわの季節である。腐りやすいので、県外への運び出しもままならない。町中にびわがだぶついていた。

校長先生の、職場巡視がはじまっていた。妙子は「二週間ぶりに先生のお顔を仰いだのでとても嬉しかつた。」と日記に書いている。このときも、紙屑再生場は見落された。

学徒の作業態度はよく、技術の覚えは早かった。仕事の意欲も強く、これが却って工員の反感を買っていたようである。妙子は、めっきの腕をあげていった。組長の信頼があつく、残業を頼まれるようになった。はじめて夜七時まで、妙子は残業をした。生徒の残業は、先生の許可がいる。知らない妙子は、組長の命令に従った。翌日班長に注意されて、妙子は無断残業を謝りにいっている。その日の工場日記には、生徒の残業に触れて、直接生徒に命令を下した工場側へ、先生は注意を促している。

半月以上が過ぎたが、先生たちは紙屑再生場を探しあぐねていた。空襲警報で待避する杉山で、顔をあわせることはあった。山では、生徒の安全に気を配るのが精一杯で、職場の所在を訊ねる暇がなかった。

つゆは本格的になって、毎日じとじとと雨が降った。再生場の塀際のどぶに、赤みみずが毛玉のように群がって、繁殖していた。

六月二十三日　土曜　雨
監督職員、早出南、遅出経堂、終日無田。全員三二七。
欠勤、―、―、以上二名。
事故なし。
記事。
一、七時四十五分警戒警報発令、八時十分頃空襲警報となる。九時頃警報何れも解除となる。待避その他良好。空襲なく幸に思ふ。
一、雨風ひどく巡視にや〻困難な所もあつたが滞りなく平常通りに終へた。欠勤者が多い事は残念である。
一、校長先生よりの伝達事項、上級学校進学者も解除せず、引つゞき動員との事。命令を待って居ること。校長先生御出の御予定であったが、内政部長の御来校のため中止された。

一、登校日の事を生徒に通達す。

一、第二、第四機械トンネルに移動中。

六月二十五日　月曜　晴

登校日。全員三二七。

記事。

一、聯隊区司令部F大尉殿の時局に関する講話あり。

一、新任先生方、―、―、（五名）の御紹介。

一、学徒隊の結成式、分列行進、閲生あり。

一、午後、校長先生御訓話。

一、靴配給あり、一クラス七足宛。

一、警戒警報発令、①六時。解除六時四十五分。
　　②九時頃。解除十時頃。

六月二十三日、大雨が降った土曜日ではなかったか。丘に向いた木の戸を開けていると、風にあおられた雨が飛沫になって、番台まで吹き込んでくる。閉めると、汗が流れる暑さである。私たちは十センチばかり扉を開けて、作業を続けていた。紙屑は湿気て、いつもより悪臭をたてていた。作業場の真ん中にさがっている裸電球も、雨の飛沫をあびていた。

作業は順調に進んで、朝からの製品が、受け皿に山盛りに溜まっていた。私はスコップをとって、粘土状の製品を勢いよくすくい、弾みをつけて物置きに放り上げていた。そのとき、無田先生のきなった、と番台の上の蓮田が叫んだ。ガラス戸の外に、髪からしずくを垂らして、無田先生が立っている。私はスコップを投げて、ガラス戸の錠をはずした。ひどい降り、と額の雨粒をハンカチで拭いて、先生が入ってきた。元禄袖のモンペの上着が胸に張り付いて、乳房のまるみの上を、水が垂れていく。傘の骨が一本折れている。事務所にいた原が、先生、といって飛んできた。先生は私たちの職場を、暫く見廻していた。それから紙屑籠をのぞき、あなたたち、こんな所に隠れてたの、と冗談をいった。

いっちょん来てくださらんけん、と蓮田が唇を尖らせていった。工務、とある職場がどこにあるのか、工場の上層部に訊ねても判らなかった、と先生がいった。

正式な職場名は工務部厚生課で、通称、厚生課といわれている。しかし工場日記には工務となっており、厚生には——本来は衛生か——一人の生徒が配属されていた。見捨てられた原因は、職場名にあった。練成期間中病気欠勤していた蓮田は、班長の役目である「報告」の義務を知らなかったらしい。

無田先生は扉の隙間から、吹き降りの外をのぞいた。引っかけてある赤錆びた錠を手にとって、いつも開けているの、ここ、と聞く。お天気がよい日はいつも、と蓮田が答える。ガラス戸は錠かけてたわね、と先生がいった。

人が入ってくるんです、と私がいう。外部の人？　重い木戸を押し開けて、先生が聞く。生ぬるい雨と風が吹き込んで、作業場の土間が忽ち濡れた。まるで嵐、といって先生は慌てて扉を半分閉めて、ガラス戸に錠をおろすのならばこの扉にも鍵をかけること、でも真夏に向かってそれは無理、だったら両方開けて作業なさい、一方を塞がれたら、あなたたち逃げられないでしょう、工場にはいろんな人がいますからね、といった。

雨はひどくなっていた。トタン屋根に降る雨音のなかを、駆けてくる下駄の音がする。副長である。副長は作業場に入ってくるなり、誰が機械を止めてよかていうた、と怒鳴った。先生と話している間、私たちは機械のスイッチを、切っていたのである。

副長は怒鳴ってから、目の前にいる無田先生に気が付いた。驚きを隠して、故障か、と聞く。答えないでいると、勝手に休むな、といい、あんたは、と無田先生に訊ねた。N高女の教師です、仕事はじめの日、生徒を迎えにきてくださった方ですね、と髪の先から垂れるしずくを指先で払って、答える。副長はこづくりな先生の全身を眺めてから、ああ、あの女先生か、女は理屈ばっかりいうけん話しとうなか、といって、事務所に戻っていった。

面白い人、と先生がいった。それから番台にあがっている蓮田に、教えて頂戴お仕事、といった。番台に坐った先生に、蓮田と私は、副長に習った通りの手順で説明する。注意がいるのは、水の量と紙屑のバランスである、紙屑を漏斗に入れるとき、手を深く入れないこと、十字の攪拌棒に嚙まれて、骨が粉粉に砕かれるから。これだけ守っていれば、三つ子でも出来る作業です、と。

頷いて聞いている先生に、蓮田が新聞紙の塵を払って渡す。新聞紙に、びわの種と皮が包んであった。果汁がしみて、甘酸っぱい匂いをたてる紙に、先生は眉を寄せた。蓮田が蛇口をひねり、スイッチを入れる。機械が水と紙屑を撥ね飛ばして、廻転をはじめる。残っていた粘土状の製品が、活字のインク色に染って、吐き出されてくる。これが製品です、と蓮田が説明していると四、五個のびわの種が、転がり出てきた。つややかに磨きあげられたびわの種をみて、先生は大笑いした。塵を払わなかったのね、と先生がいった。

小降りになるのを待って、先生は教官詰所に帰っていった。配置変更を相談してみますからね、と帰り際に先生がいった。でもねえ、気鬱の日には最適なお仕事じゃない、またきますよ、と折れた黒い蝙蝠傘をさして、煙突の間を抜けて帰っていった。見送っていると先生は戻ってきて、いいこと、誇りは捨てないこと、学徒ですからね、と念を押し、あさって学校で逢いましょう、といって、蝙蝠傘の下でほほえんだ。

六月二十五日、学校で決行された報国隊から学徒隊への名称変更は、意図するところがあったのだろうか。私たちは、制服の労働者と呼ばれていた。学徒の名称を改めて冠したのは、上層の人たちも、学徒のいない国柄に不安を感じたのか。あるいはいっそうの、生産要員としての自覚を強調するためだったのか。

報国隊と命名された大東亜戦争の初期には、食糧増産に重点がおかれた。作業日数も、一年を通じて三十日以内、としてある。それが一年の三分の一になり、「教育実践の一環」に勤労が組まれると、一年間、学業停止の戦時教育令が発令されたのである。

登校した私たちは、結成式の分列行進を行った。モンペの膝を直角にあげて、芋畑に化けた校庭の畔道を、下駄履きの少女たちが行進した。力強く踏みおろすと、下駄の裏に小石が当って、脳天まで痛みが走った。報告書に記入された「不明」の時の、二度目の結成式が、六月二十五日である。結成式は忘却の彼方にあるが、一月ぶりに嗅いだ埃り臭い教室の匂いは、鮮烈に残っている。教室にいるだけで嬉しく、私は自分の座席に坐って、机の蓋を開けたり閉めたりした。机を並べている友人と話し、後を向いてしゃべり、通路を隔てた少女と膝をつけて、話し合った。誰もが工場の油臭さを洗い落して、一ヵ月前の女学生に還っていた。目立たない色のリボンで、三つ編の髪を結んでいる者もいた。

足を踏み入れたときよそよそしかった教室は、すぐに動員前の騒騒しさを取り戻していた。しかし教室の雰囲気は、微妙に変化していた。頭を突き合わせて、代数や幾何を解いた熱気は失われて、ひそひそ話で満足していた異性への思いを、いまは教室の真ん中で、頬も赤らめないで話している。

生徒は勉強していればいいのだ、といった、数学の教師が希望する生徒は、いなくなりつつあった。

登校日の日記に、「登校日、靴配給落選」と一行、妙子は書いている。

学徒隊の結成式を行っていたその時、沖縄の中学生、女学生たちは、戦争終結の戦場に放り出されている。一中一条会の一人の生徒は、「遂に、六月二十日の晩、学徒全員が呼び集められて一下士官から重大な発表を受けた。〝敵は摩文仁の部落まで攻め込んできた。これ以上壕を維持するのは不可能なので、これで解散する。生徒諸君はご苦労であった〟」と隊の解散を言い渡され〝どのように行動するかはお前達に任す。〟と宣言されている。軍隊という組織のなかで行動を強いられ、集団であることで身を守ってきた十四、五歳の少年たちが、戦場に一人おかれる。靴下一杯の米を片手に、もう一方に手榴弾をもたされた少年たちは、腐臭のこもる故郷に、立ちすくむのである。

戦場で三年生に進級した生徒たちの戦死者は、七十二名とある。『友、一中一条会』から名を伏して、少年たちの死の様子を、書き写させてもらう。

△一組、具志川村具志川国民学校、第四中隊。

昭和二十年六月十七日頃、摩文仁海岸の、第四中隊隠れ場の崖下で砲弾により負傷、岩陰に収容後そこにガソリンか焼夷弾のような物を落され、その火災により戦死。

△一組、本籍首里崎山町、第四中隊。

六月二十二日頃、摩文仁に於て中隊解散の際、兵隊と一緒に敵中突破を試みたと思われる。詳細不明。

△二組、中城村字喜舎場出身、第四中隊。

中隊壕のある首里城に向かい合った繁多川の斜面を、四月二十九日夜間、飯上げの帰途、壕入口近くまで来た時砲弾の直撃を受けて戦死。

△四組、伊是名村出身、第六中隊。

最前線になった浦添村前田の通信分隊に派遣された。消息不明。

△五組、具志頭村字仲座出身。

通信隊とは別行動、軍隊に志願入隊したと推察される。撤退中の通信隊員が東風平附近で戦車と行動中を目撃、その後の行動不明。

△三組、南風原村字山川出身、固定中隊。

真壁村伊敷丘陵にて六月十五日艦砲により戦死。（健児之塔資料）

△三組、読谷村古堅国民学校、第五中隊。

六月二十三日頃、摩文仁海岸沿いに敵中を突破しようと玉城に向かって進出、仮眠中に米兵に発見包囲され、手榴弾で自決。

△四組、首里市山川町出身、第六中隊。
敵中を突破し、喜屋武から、浦添村前田附近まで進出、七月中旬身体疲労激しく、浦添の陽迎橋附近で自決。

これは戦死者数人の最期である。修羅場の戦場を生きのびた幾人かの少年たちは、米軍の捕虜になった。兵隊たちと一緒で、「オールド」「ボーイ」に分けられたという。捕虜になった生徒の一人はそのときの様子を、詳しく書いている。手記を辿ると、彼らは輸送船に移される。衣服を脱がされて、海水のシャワーを浴びせられる。頭からD・D・Tを撒布されて、支給された米軍人用のTシャツとパンツをはかされる。肩まで潜ってしまいそうな、大きなパンツのなかで身を縮めているうちに、輸送船は沖縄の港を離れていた。幾日目かに、船はハワイに着く。そこで一旦上陸させられる。ハワイから米国本土に輸送され、シアトル、サンフランシスコと移されていった。

ＰＯＷ（プリズナー・オブ・ウォー）の袋に、船上で配給された身の廻り品を詰めて、少年たちは最後の地、「アル・カポネを収容したアルカトラス島の隣りのエンゼロ島」に上陸する。

上陸した彼らを待っていたのは、日本の敗戦だった。知らせたのは、二世の兵隊だったという。

少年たちを乗せた輸送船がシアトルに着く二ヵ月ばかり前の、五月はじめ、原子爆弾基地設営のために、米軍八百人の混成部隊を乗せた船が、同じ港からテニアンに向けて、出港していた。

六月二十七日　水曜　雨
監督職員、無田、経堂、南。全員三二六。
欠勤者、━、━、以上二四名。
事故なし。
記事。
一、教官控室、第四機械詰所へ移転ス。
一、第一精密、━、━、以上六名、六時十五分まで仕事場の整理に残さる。
六月二十九日　金曜　雨
監督職員、無田、経堂、南。全員三二六。
欠勤、━、━、以上一七名。
遅刻、━、　一名。
事故、△子不注意の為、尖つた金棒を足の上に落し、抜刺ス。診療所にて治療を受く。
一、九時四十一分警戒警報発令サル。十時過ぎ解除となる。
一、本日は所内訓練日に当り、校長先生のお出でをお待ち致し、昼食前連絡して見ると、御出でになれぬとの事。然し所定の場所に集合、諸注意をなして解散す。その途中に情報注意報発令さる。
一、悪天候の為か長崎には又、敵機を見る事なく無事すごす。

校長先生の工場訪問は、先生はじめ生徒の誰もが待ち望んでいた。一月のうちに幾度か、定期的に校長巡視の日が決められていた。各学校の校長たちも、生徒たちがどのような職場で、どんな働きをしているか、視察にきた。八月九日までに、一度でいいから私たちの再生場にも、校長先生を迎えたかった。

六月三十日　土曜　雨
監督、無田、経堂、南。全員三二六。
欠勤、――、――、以上二名。
遅刻、事故なし。
記事。
一、△子の母親より電話あり、怪我の（注、金棒を抜刺した）治療と身体の疲労恢復の為十日ばかり、休暇をほしいとの事。工場係長、本人と、話して時局柄些細な事ではなるべく休まない方がい丶だらうとの事。本人も休まぬ申出をなしたので、診療所にて治療をなし帰省を取止む。
一、報償金並に賞与金を渡す。(注、十八円八十銭)
一、警戒警報発令、八時頃。空襲警報発令、八時二十分頃。九時半頃空襲警報解除となる。

大雨の土曜日以来、先生からの音沙汰はなかった。職場の配置換えはどうなったのか。答えが出る日を待ちながら、工長や副長に小出しの反抗を続けて、退屈な工場生活をやり過していた。機械工場に配属された友人たちは、過労で動作が鈍くなり、怪我をする生徒が多くなっている。工場日記の、△子への記述を読むと、戦時特有の誘導を感じる。休養を申し出た△子に係長は、間接的に出勤を要請し、説得されて△子が申し出を取り消すと、それが本人の意志ということになる。工場側の発言は絶対で、しかも巧みである。

男女の交際も、大胆になっていった。禁じられていた夜間外出をしたり、仕事場の機械の陰で立ち話をする程度だが、密告者は見逃がさない。生徒の幾人かは学校に呼び出されて、校長の訓戒を再度受けている。

これら、工場の中心部で起きている興味深い事件から取り残されて、私は健康になっていった。大豆粕の主食に、炒り大豆を荒噛みして、連日のように下痢を起こしながら、塵にも雑菌にも、肉体は冒されない。二十九キロの骨身は時代に適応して、図太く成長していた。一ヵ月目に行われた健康診断では、身体虚弱なるも異常なし、と奇妙な合格点をもらった。無節操に順応していく肉体が、私はうらめしかった。意のままにならない肉体にも見切りをつけて、流れるままに流れて生きはじめたころ、一つの事件が起きた。

　その日は珍らしく快晴だった。紙屑は午前中で底をつき、蓮田と私は番台に腰をかけて、無駄話をしていた。そこへ原が、蒼い顔をしてやってきた。両手で肩を抱いて、おそろしかった、とまるい大きな目に、涙をためている。何かあったと、と蓮田が番台から降りて、聞いた。ガラス戸に寄りかかっていた原が、考えられんよ、うちには、と怒った声でいい、お便所にいったっさね、と俯いた。

　便所は、小舎を出た十メートルばかり先にある。一間幅のコンクリートのたたきをなかにして、二十ばかりの便所が向きあっている、大きな建物である。近辺の工場の共用で、私たちもその便所を使っていた。汲み取り式和式便所の悪臭を抜くために、足許の掃き出し口はいつも開けてあった。用を足すときに閉めるのだが、触るのが厭で、そのまま用を足すことがある。建物の周りに人影がないのを確かめてから原は、なかに入った。しかし気になって、爪先で戸を閉めた。滑りが悪く、掃き出し口は十センチばかり開いている。気にしていると、腰に視線を感じる。振り向くと、掃き出し口で黒い二つの目が動いた。原は声が出ず、逃げ出した。工員さん、と私が聞いた。みらんやった、おそろしかもん、と原がいった。

女学生が便所に入るのを待っていてのぞきにくる男がいる、という噂は、入所した当座からあった。人の排泄をのぞきたがる人間がいるはずがない、と私たちは女学生の常識で、話を笑い飛ばした。誘い合って手洗いにいく、という同級生たちの話を、神経過敏になっている、と相手にしなかった。

恥かしくないのだろうか、と私がいうと、笑い声の聞こえとった、と原がいった。のぞいた男たちは、複数だという。

もう工場ではいかれん、と原がいった。排泄の時を揃えるか、見張りを立てるか。互いに見張ることに決めて、早速私たちは実行に移した。三日も経たないうちに私たちの行動は、勘の鋭い副長に見破られた。話を聞いた副長は、意外に真剣な表情をみせた。ほんなことか、と原にただして、どの工場に逃げたか、と聞く。原が、判らないと首を振る。副長は考えてから、よし俺がつかまえてやる、この非常時に、といった。先生に報告して調べていただきます、と蓮に、のぞいとったとは学徒じゃろ、といった。先生に報告して調べていただきます、と蓮田がいった。それがよか、工長からも保安課に報告してもらうけん、と声を改めて、お前たちもたるんどる、といった。

昼休みになると私たち三人は、作業場の周りを散歩するようになった。小舎の周りを歩いてみると、初日の観察通り、厚生課の仕事はすべて再生である。象徴的なのは建物である。平屋のトタン屋根は野良着のようにつぎはぎで、出口入口にはめられた戸が一枚一枚形が違っている。窓ガラスも、無傷のものがない。ステンドグラスの技法よろしく、三角、五角と、割れたガラスを巧みに合わせてはめてある。離れて眺めると、てんでんに光線を反射して、粗末さがかえって、温みをたたえていた。

副長と競って、紙屑作業の説明をしてくれた中年の女子工員は、石炭ガラの選り分け作業をしていた。小舎の裏の、草原に盛られた石炭ガラの前に坐って、金槌で石炭ガラを軽く叩く。表面の赤錆び色の燃えかすが落ちて、芯に、黒い石炭が顔を出す。捨てられた石炭ガラを再生させるのが、女の仕事だった。

トタン板一枚の掛け小舎で、鉄屑を煮ている老工員は、女が選り分けた石炭を、かまどにくべていた。かまども大鍋も、なかの古釘、古鉄、どれもが火の色に燃えていた。老人は、木綿の丸首シャツに紺のパッチをはき、昼休みになるとキセルで刻み煙草を喫った。これが老工員の日課で、鍋のなかの鉄屑が再生されて何になるのか、私には判らなかった。

ある昼休み、面白半分に女の仕事を手伝っていると、塀に鉄の門のあろうが、と女子工員がいった。あした門を開けて石炭ガラを捨てっとさ、と女が続けていった。意味が判らないでいると、おうちは鈍かね、石炭ガラを捨てっていいよるでしたい、という。家の人にいうとかんね、十一時ごろ工場の、その塀の鉄の門の近くにおりまっせて、そん道にうちがたいそガラば捨てるけん、拾いにきまっせて、といった。そういえばいままでにも一回、鉄の門が開いた日があった。塀の外は一本の道と、原っぱになっていた。原っぱは川まで続き、その先は雑木林の小山になっていた。そのまた先が金毘羅山で、鉄の門の前に、手籠をもった女たちが群がっていた。

女子工員が選り分けた、使いものにならない石炭ガラを、町の女たちが拾いにきていたのだ。家の人がくれば上等かとも捨ててやっけん、と女がいった。女子工員の言葉を私は、下宿の主婦に話した。主婦は大喜びで、大橋工場の石炭ガラは火力の強かとさねえ、四つ五つくべれば大豆でん何でんよう煮ゆっとよ、といった。翌日出勤した私は主婦の話を伝え、十一時ごろにきているから、といった。よかとば大そ捨ててやっけんね、と嬉しそうに女がいった。自分の大胆な言葉に私は動悸がした。石炭ガラを捨てる日は、鉄の門を、保安課の職員が見張っている。考えると怖くなり、私は蓮田にも原にも話さなかった。

女子工員が、彼らをそそのかしたとは、いまでも私は考えていない。だがあの事件を考えると、やっぱり女子工員の薄笑いを浮かべた顔が、思い出されてくる。石炭ガラを捨てた日の夕方、私は一人で作業場にいた。仕事は終って、作業場の土間を掃いていたような気がする。木の扉を開けて、再生品を受け取りに来た二人の男が、部屋に入ってきた。いつもの男たちで、一人が扉を閉めた。扉はまだ半分開いており、私は日の端に外の茜色の光を認めながら、あと一人の男が、出入口を塞いで立っている姿も、見取っていた。男の後に、夕陽を背にして女子工員が立っていた。一人の男が、私に近寄ってきた。避けると、両手を広げて追い詰めてくる。青写真入れの木箱に、私は押し付けられた。そのとき工長が通りかかった。男たちは笑いながら、作業をはじめた。女は含み笑いを浮かべて、なかの様子をみていた。私は外に出て、みていながらなぜ助けてくれなかったのか、と聞いた。暗うして部屋のなかは判らんやったさ、といった。白目が黄色く濁った女子工員は、怒らんちゃよかやかね、何もなかったとに、といった。ふてぶてしい言葉の裏に私は、〝石炭ガラの貸し〟が隠されているのに気付いた。

争いの外で黙黙と働いていたのが、老工員である。八月九日彼は、四方から光がそそぐ仕事場で、古釘と鉄片を真っ赤に熱していた。原子爆弾炸裂の瞬間、職場は吹き飛ばされたろう。女子工員も草むらに坐って、石炭ガラを選っていたはずである。女は作業中、日本手拭いをいつも、あねさんかぶりにかぶっていた。

二週間に一回巡ってくる休みに、母や姉妹が住む諫早に帰るのが、私の楽しみだった。妙子は、帰る家がなかった。貿易商の両親は大連に住んでおり、下宿で休日を過すしかな

い。妙子は、医者志望だった。希望から遠く離れた生活を、七月一日、日曜日（晴天）の日記に、

「今日は二週間ぶりのお休みである。有意義にこの一日を暮さうと思つた。朝から洗濯をして髪を洗つた。工場ではゴミが多いので、髪がすぐ汚れる。それから—さんから借りた〝花物語〟といふ本を読んだ。お昼からお家の大掃除をした。

夜はおばあさんは防空壕に行かれるので一人で寝た。悲しい、淋しい気持で——。」と書いている。遠縁に当たる家で、下宿の主婦といざこざがあったようである。おばあさんの胸で泣いた、と書いている。

夕食の膳においてあったうどんを食べていると、主婦が、どうしてご飯も食べないのか、あなたのご飯を残しておかなかったことが一度でもあったか、と妙子をなじったという。聞けば済むことだが、一粒の飯粒を争って食べた、みんなが餓鬼道にあった時代である。空腹だから、あからさまに聞けない恥かしさがある。少女の心を察せず、主婦は、反抗と受けたのだろう。

「少し忍耐を有すればこんなにまで苦しまなくてもよいものを——。私はいろんなことを思ひ出して、さめざめと泣いた。一そ、大連にゐる父母に言つて行きたいとも思つた。それからおばあさんが〝ひもじかつたのでかんづめをたべた〟とおつしやつた。私はそのときびつくりした。あゝ年老いたおばあさん、ひもじい思ひをしなさるのか。私はおばあさ

んの胸で泣いた。あゝ、何とはかない人生であらう。」

衣食足らずして、なお礼節に生きようとして、妙子は〝はかない人生観〟に落ち入っている。

他人の家に下宿しながら、私が妙子の嘆きをみないで済んだのは、二週間に一度の、帰省のせいである。休みの前日の土曜日、作業が終わると私は長崎駅に直行した。諫早までの定期券をもっていたので、乗りたい列車にいつでも乗れた。切符を入手するには三時間、四時間と並ばなければならない。並んでいても、一日の販売枚数は決まっており、売り切れれば翌日また並び直さなければならない。不便なので、母は、通学定期を買ってくれたのである。通学定期は、汽車通学の生徒に限って売られていた。購入するためには、学校の証明が要った。汽車通学生でもない私が通学定期をもっているのは、規則違反だった。違反を承知で無田先生は、通学証明を書いてくれた。

土曜の夕方の汽車は、いつものように混雑していた。私のように帰省する生徒もいれば、休みを利用して、芋やかぼちゃの買い出しに出かける町の人もいる。その日私は新聞紙にくるんだ藍をかかえて、列車の真ん中に立っていた。藍は漢方薬で、病弱な母への土産である。煎じると、上質の紅茶色の液が出る。肋膜に効くといわれて、病み上がりの母に買ったのだった。乾燥した藍が押されて粉粉に砕けないように、背をまるめてかばっていると、誰かが肩を叩く。振り向くと、軍手の要求を教えてくれた、高等学校の生徒だった。座席に坐っていた青年が、おかけなさい、といって立ってくれた。坐った私に、仕事は馴れましたか、と聞いた。手順は覚えたが、紙屑には馴染めないでいる。それでいて肉体の免疫は出来、かと思うと、食事のときに、肌に染み付いてしまった屑の臭いがたってきて、吐き気を覚えたりする。ちぐはぐな身と心をどう説明すればよいのか、答えを探していると、青年はズボンのポケットから小豆色の本を出して、読みはじめた。両手に隠れてしまう本で、日本海に沿った町の、童唄である。

青年は、次の駅でもその次の駅でも、下車しなかった。私は、席を譲ってもらったことに、負担を感じるようになった。次の停車駅まで十分かかる。そして私が下車する諫早までは、まだ三十分ある。私は、交替します、といって席を立った。本から目を離した青年が、今日は疲れていないから、心配いりません、といった。諫早までいくのですが、というと、じゃあその後、僕が坐りましょう、といった。

車内の二、三箇所に、裸電球がついていた。汽車は大草の、長いトンネルに入りつつあった。左に、海がみえる。三百六十五日、さざ波さえたてない深い入江に、夕闇が迫っている。私は目を閉じた。乗り合わせた男や女たちの、咳や鼾が聞こえてくる。そのなかで、ページを繰る紙の音が、際立って耳につく。やがて青年は早いスピードでページを繰って、本を閉じた。汽車は、トンネルに入った。私は、本から離れた青年の視線が気になって、深く首をたれていた。

その後八月九日までに二回、青年は青写真の籠を運んできた。青年との間に秘密をもった気持になっていた私は、自然に顔が赤くなった。青年は、やあ、と声をかけるだけで、以前と変わらなかった。

原子爆弾が投下された三日後、探しにきた母に連れられて、私は大草の、鉄道に沿った海辺を歩いて諫早に帰った。青年が譲ってくれた座席からみた大草の海は、優しく私の心を潤してくれたが、その日の海は波の一片一片が光を撥ねて、被爆した私の体を焙り出していた。

美華や法子の職場は、女学生たちの憧れだった。磨きあげられた一枚ガラスの窓に囲まれた職場には、目を刺す鉄粉も、油や薬品の悪臭もない。部屋の隅に少女を追い詰める異性もおらず、学校生活と変りのない、知的な刺激があった。

N高女生が配属される前は、K女の四年生が工作技術で仕事をしていた。個性を尊重して自由に教育された彼女たちは、闊達で、自己主張出来る意志をもっていた。英語も達者だった。噂によると達者な英語が、職場交替の引き金になったようである。

爆心地から一・七キロメートルの幸町に、福岡俘虜収容所第十四分所があった。捕虜たちは毎朝、ここから職場に連れていかれていた。珠数つなぎにされた捕虜たちが職場に向かう時間と、私たちの出勤時間はほぼ同じで、つながれながら彼らは、私たちに口笛を吹いたりする。二十歳前後の若い兵隊が多く、K女生たちは覚えたての英語が遣いたく、話しかけたらしい。それを町の密告者がご注進に及んだのか、スパイ容疑をかけられたというのである。全く馬鹿気た噂で、私が憧れていたK女のセーラー服は、敵国の服装ということで、襟首を鷲掴みにされたりしたという。加害者がズボンをはいた男たち、というのも理屈の通らないことである。しかし理屈より雰囲気の時代である。N高女生との交替の理由として、ささやかれていた。彼女たちの名誉のためにも噂といいきれるのは、捕虜たちの職場が、三菱造船所の本工場にあったからだ。K女の四年生が配属された先も、造船所である。噂が事実なら、筋の通らない配置換えである。

美華たちと入れ替りに、彼女たちは職場を去っていった。去る日彼女たちは、七高生の制服のボタンと、白線帽についた校章を、記念にとっていった。トレースに使う烏口の墨汁がしみついた指先で、制服のボタンをちぎるK女生たちを、美華たちは大人の世界をみる思いで、眺めていたという。

K女生と美華たちのために、七高生の有志が、歓送迎会を開いてくれた。そのうちの一人は『わが青春—七高時代』の追悼文集に、茂木の一刻をこう記している。

〝思へば一年半前何事につけ不安と好奇と歓喜の錯綜せる心理状態にあった新入生時代〟と書き出しにあるので、昭和二十年か二十一年に追想された文章のようである。二十の青年の、若さと甘美な思いが、痛恨の時代にも息づいている。

被爆死した友人への追悼で、「実に君こそは灰色なるべき工場生活を、君自身から滲み出る人間味によって明るい愛情のある花園の生活となしたのであった。」とし、「K高女の十五人の四年生達、同じ課に在って最も君を愛し、君からも愛されたものは是等の人々であらう。君は十五人の少女達総てを誰彼の差別なく総て愛してゐた。君は彼女達十五人の集ひを一個の人格体としこれに君の愛を惜しみなく濺いでゐたのである。」とあのころの高等学校生たちが理想とした像を、友に描いている。さらに「六月上旬頃、愈々彼女達が造船所の方へ転職すると云ふ事が決定してその送別の遠足会が催された。行先は茂木。」とペンをすすめている。

「茂木に着くと直ぐ僕達七高生は〝茂木遠征記念ストーム〟を行った。〝北辰斜に射す処……〟。僕達は倒れるまで歌ひ踊った。ストームを始めて見る彼女達は始めは声を立てて笑ったが直ぐにシーンとなってしまった。

緑色鮮かな芝生を踏み躙って倒れる迄踊り終へて、芝生にどっかと腰を下してお互の顔を見合はせた時、君は唇の色まで蒼くなってゐた。（略）

それから二隻の小舟に乗って海を漕ぎ廻った。空は青く太陽は頭上で黄金に輝き、海は手をつければその儘染ってしまひさうな紺色、油を流した様な静けさ。岸には濃い緑の枇杷の葉がきらきら光ってゐる。

二つの舟は彼女達の色とりどりの色彩と合唱とを載せて海上を滑るが如く離れては近づき近づいては離れる。華やかな合唱は遠く霞む島原の山に消えて行く。(略)

後日君と話したとき、君は沁み沁みと述懐してゐた。〃あの茂木でのロマンチックな清遊こそ僕の一生を通じて忘れ得ぬ事であり、僕の一生の中最も美しい思ひ出となるだらう〃と。(略)

動員生活に依て感じ易い乙女の心が傷き、彼女達の精神生活が荒んで行くのを君は絶対拱手傍観し得なかった。君は常に彼女達の精神的活動の純化高揚に出来得る限りの力を奮ってゐたのである。(略)君は彼女達との別れに際して各人に洩れなく一冊づつの書籍を与へた。僕はこの事に依ても君が如何に彼女達の情操涵養に意を用ひてゐたかと云ふ事を知り得ると思ふのである。」とある。

茂木の一夕を美化しながら、青年たちの学問に専念出来ないもどかしさ、やがてくる出陣や死の不安が、みえがくれしている。またある学徒出陣で征った一人の生徒は、履いていた朴歯の下駄を新聞紙にくるんで、女学生に渡している。読んでいると、意味もなく涙がにじんでくる。

追悼文のなかに、N高女生歓迎遠足は語られていない。茂木に同行したN高女の生徒は五、六人らしい。南先生が、不許可の断を下したそうである。工作技術にいた東京帝国大学在学中のNが、茂木遠足の許可を申し出たからである。Nは、高等学校時代に動員されていた大橋工場に、再度動員されていた。

Nの申し出に南先生は、学徒にあるまじき行為、と不心得を諭した。聞いていたNは、南先生、それはあなたの嫉妬ではないのか、と切り返したという。以後、工作技術の十五人は、南先生から要注意とマークされ、歓迎遠足に参加した数人は、秘密を厳守したそうだ。私たちより四、五歳年上の彼らは、捕虜たちが脱走を企て自由と権利を主張するように、機会あるごとに自己主張と抵抗を、試みていたのだ。

茂木は、雄大な天草灘を望む美しい港である。被爆後諫早に帰る途中、一休みした矢上の海とは、入り組んだ海岸線を共有している。

迎えにきた母と、下宿を三時に発った私は、死体を焼く炎で明るんだ早朝の町を、日見トンネルに向かって歩いた。太陽が昇る前に、長崎市内を出なければならなかった。今度の爆弾は、太陽熱を受けると効力が倍になる、という噂が流れ、焼け残った町を再度攻撃する、とも噂がたっていた。ビラがまかれたのだという。B29からまかれたらしい宣伝ビラの噂はさまざまで、確かなものはなかった。このビラは、日本の主要都市に原子爆弾を投下する事前に、予告としてまく手筈になっていたらしい。

即刻都市より退避せよ

日本国民に告ぐ!!　と書き出され、「今日発明された原子爆弾はただ一箇をもって優にあの巨大なB29二〇〇〇機が一回に搭載し得た爆弾に匹敵する……」とした内容のビラである。アメリカ側は、原子爆弾を落とす前に予告ビラをまくつもりだった、という。しかし〝八月九日以前に長崎にまかれた事実があったかどうかについては、まだ定説はない〟と『長崎原爆戦災誌』にはある。翌日、焼け野になった長崎市に、予告ビラはまかれたらしい。手違いで翌日になった、ということである。

マンハッタン計画の委員会は、ルーズベルトの死後、大統領に就任したトルーマンに「それはこの兵器の性質に関する事前通告なしに使用さるべきものである。」「他の建物に取り巻かれている軍事目標に対して使用さるべきである。」と日本への原子爆弾攻撃について、勧告している。どっちが本当なのか。生き残った私たちは、一日遅れの十日のビラに浮き足立ち、長崎の再度の攻撃説に悲喜劇を演じたのである。

日見トンネルを出ると、七曲り八曲りした嶮しい山道にかかった。芒塚といわれた場所で、すり鉢底の土地には、芒が群生していた。芒の穂のなかに、藁屋根の農家が点在していた。朝日は昇ったばかりだった。やがて矢上の海がみえ、輝く海面は、トンネルの向こうで起きている惨事にはかかわりなく、穏やかだった。

かつて芒の原っぱだった地に、いまは人家が建ち並んでいる。K女の生徒と七高生が別れを惜んだ遠い海には、ヨットがのどかに走っている。

母と私は、大草から喜々津と歩いて、貝津の小学校の前に出た。そこで無田先生と出逢った。海辺の道を先生は、諫早方面から歩いてきていた。諫早、大村、川棚の学校、病院と、被爆した生徒を探して歩き、長崎に戻る途中だった。工場日記の端に、私の姓名が記してある。のびきった力のない文字で、諫早東小路に帰る、と書いてある。後日、生物教師から聞いた話だが、原爆症で発熱した先生は、同僚だった生物教師の貝津の家で、養生している。無田先生が友人に出した手紙には、〝八月十八日、空襲後始末の最中遂に力つきて床につきました〟とある。連日四十度からの高熱で、床に就いてから三週間ほど経った九月の上旬、不帰の人となった。

紙屑再生場に巡視にきた日の先生を、私は思い出す。どろどろに溶けた紙屑に混って枇杷の種が吐き出されたとき、仁王さまの大目玉、といって先生は笑った。蓮田や私にとって、紙屑に包まれて運ばれてくる枇杷の皮と種は、悩みのたねだった。しかし、茂木の枇杷の葉陰で憩った学徒たちや、蓮田や私の、秘められた青春でもあった。

七月三日　火曜　晴

監督、無田、南、経堂。全員三二六。

欠勤者、—、—、以上一八名。

遅刻者なし。

事故、×子、歯車にて左中指負傷、爪をはぐ。第一仕上〇子、昨日作業中足裏に釘を抜き負傷せることを、本日きく。

記事。

一、警戒警報発令、十一時五十分、間もなく解除。第二回目警戒警報発令直後、空襲警報発令、時刻十二時三十五分、十四時解除となる。

一、動員学徒職場配置転換願に関して調査す。

工場日記にある職場変更の願いは、生徒から出された要望のようである。配置換えは、各学校の先生たちの、悩みであった。中学校のある校長は、銅工場に動員された生徒の配置転換願いを、勤労部長に申し出ている（『生き残りたる吾等集ひて』）。K造船所に動員された十四、五歳の少年の肉体は、十四、五歳の少女と同じようにひ弱かった。頭痛、吐き気、発熱に苦しむ生徒が多く、K造船所の部長は学校長の申し出に、「自分ではどうすることも出来ないから所長に話してくれ」という。校長は、所長に面会を求める。所長代理として出てきた副所長は、「学徒の配置は監督官（海軍少将だった）が決めたもので自分たちの権限ではない」と答える。「では直接会います」と強硬な態度に出ると、「それは困る」といい「待ってくれ、監督官殿は不在だからよく話して御希望の点は伝える」と約束したという。学徒たちへの責任の所在は、迷路のように入り組んでいる。

私たちの職場転換も難航した。早耳の副長は、三人の配置換えを聞きつけて、出来るもんか、といった。予定されている行き先が、赤煉瓦の瀟洒な建物であるのが、副長の誇りを傷つけていた。また、学徒の職場転換は、責任者の不名誉とされた。上層部は、学徒を使えない、と解釈したようだ。

余談だが、中学校の校長が面白い話を書いている。K造船所に東条英機陸軍大臣が視察にきた折、「K社長の手をかたく握りしめて、〝おまえとおれ二人が健在であれば戦は勝つ〟とうそぶいたという。いかにもありそうなことではないか。」と聞いた話として書いている。日本全国の大中小工場を廻って、同じ激励を繰り返したのだろう。言葉の魔術にかかった相手は、滅私奉公を誓ったのだろう。私の母も、戦いの終わりには神風が必らず吹く、といって、私の動員生活を鼓舞した。

七月六日　金曜　雨

監督、南、経堂、無田。全員三二六。

欠勤者、—、—、以上三二名。

遅刻者、—、一名。

事故なし。

記事。

一、警戒警報発令十三時十五分、空襲警報発令十三時二十分。空襲警報解除十三時四十分。警戒警報解除十三時五十分。
一、工場より縄飛び用具の配給あり。本科三、四年生に七五本、特設専攻科に一八本、合計九三本。これは解隊の時に返却のこと。
一、空襲頻繁なる為所内訓練なし。
七月八日　日曜　晴
監督、無田、経堂。全員三三四。
欠勤者、—、—、以上一四名。
遅刻なし。
事故、—、一名。頭痛にて早退す。
記事。
一、空襲警報発令十五時五十五分。同解除十六時五十分。
一、午后五時半より午后七時十五分まで第三工員食堂に於て、朝日新聞社員、—氏の「日米決戦勝利ノ道」と題した本工場学徒激励の講演会あり。是非出席のことと定められたので、近距離の者のみ三六名残して出席さす。
但、講演会のある事は監督教官に連絡なし。職場係の引率のもとにとの事なれど、退所時刻後の事にて空襲頻繁なる時なれば工場側は、この点注意されたく思ひぬ。司令者は無責任なる事甚し。

工場日記の事故欄に、腹痛と頭痛が圧倒的に増えている。頭痛の原因は騒音、高温、目鼻にしみる薬品の刺激、鉄粉が目と肌を刺す痛み、精神の苦痛が複合している。その点、みた目に汚なく、黴菌の溜り場である紙屑再生場は、生物の共存が許される場所だった。だが、原子爆弾が投下される八月九日までの二ヵ月間が、私には、気力と体力の限界だった。これ以上動員生活が続いていたら、精神錯乱に陥ちるか、どんな苛酷な命令にも従える、無気力な人間になっていただろう。工場日記を読むと、無田先生の忍耐も限界にあったようだ。「司令者は無責任なる事甚し。」先生の、血を吐く思いが感じられる。現在長崎で活躍中の恩師、E先生は、四年生について茂里町工場に出向されたが、〝女工さんや職工さんたちと生徒たちの違和感や、それにもまして、工場長の言いつけしか聞かなくなった生徒の顔や態度になやまされた〟と話されたことがある。離れていく生徒たちへのいらだちも、無田先生にこの言葉を書かせたのだろう。

腹痛が多いのは、生徒たちが肉体の変調期にあったためである。工場で初潮を迎えた少女たちが、幾人かいた。ちり紙も脱脂綿も配給量では足りず、古布を、生理用品の代用に使っている者もいた。杉山に待避したとき、友人たちは衛生用具を闇で売る店の、情報交換をしていた。発育不全の時代に、さらに発育が遅れている虚弱者の生徒たちは、好奇心をもって、友人たちの話を聞いた。生理がどのような形で肉体の上に現われるのか訊ねると、一足早く大人になった友人たちは、そんげんことも知んならんと、と目をまるくした。

七月も中旬になると、元気な妙子の日記に、疲れた、という文字が再三出てくる。七月十三日と十四日の二日間、工場を休んでいる。梅雨の、名残りの雨が降りしきる十四日の土曜日には、四十度を越す熱を出した。原因不明で、激しい頭痛が襲っている。体調を崩した日から、日記をつけない日が多くなっている。気のゆるみもあって、「近頃少し生意気になつて、昼休みとか三時のお休みに煎つた大豆とか何とか食べる様になる。こんなことは絶対に止めなければならない。」と戒めている。

工場生活に馴れてくると、客扱いだった学徒たちへ、男子工員並みの労働が期待されるようになった。事故も、かすり傷では済まなくなった。生徒のC子は、魚雷の胴体が背中に倒れかかる事故にあっている。午後からの事故で、打撲だった。診療所で診察を受け、自宅で二、三日様子をみ、経過がおもわしくなければ、レントゲンを撮ることになった。「午後五時純心高女よりリヤカーを拝借、C子をのせておくりとゞける。組長、それに南先生引率のもとに。引つゞき痛みを催した様子。」翌日、「南、経堂両先生リヤカーをかへしに行かれる。生徒の欠勤者三十名を越えるやうになつた。」と工場日記にある。

リヤカーを借りた純心実践女学校は、大橋工場の近くにあった。怪我人を運ぶタクシーや車は勿論なく、背中を強打しているC子をリヤカーで運ぶしかなかった。

でこぼこの石道を、組長と南先生はリヤカーを牽いて、歩いていったのである。純心高女は歴史のある学校だったが、九日、校舎は全壊した。大勢の先生と生徒が被爆死している。

七月十九日　木曜　雨後晴
監督、南、経堂、無田。

欠勤者、―、―、以上三五名。

遅刻、―、―、二名。

事故なし。

記事。

午前九時半より朝礼場にて学徒隊結成式あり。校長先生御出席。学徒隊副隊長となられる。結成式中大雨のため全部ぬれねずみとなつたので、式後帰宅をゆるされた。

七月二十日　金曜　晴
監督、南、無田。

欠勤者、―、―、以上三四名。

事故、―子頭痛にて教官室にて休養せしむ。

記事。

第一精密工場より残業申し出あり。勤労課との打ち合せの上で決定してほしい旨申し置いた。所内訓練日なれど校長先生御支障中止となる。

工場日記にある所内訓練とは、どんな訓練だったのだろう。紙屑再生場には、一度も声がかからなかった。増産第一位の賞を連続受けた妙子たちの職場は、生産要員として駆り出された学徒の、手本だった。妙子の労働意欲は高く、学徒隊の副隊長に選ばれた校長先生に、拍手を送っている。七月十九日が工場で行われた正式な、学徒隊結成の日である。結成式は、五月に入所式が行われた、国旗掲揚台の前で開催された。学徒全員で、千人を越えていたろうか。

県知事、軍人、工場の上層部の人たちが祝辞をのべる。空襲警報、警戒警報の間を縫った結成式である。戦争の利点は、祝辞の短縮だった。祝辞が短かい分だけ、声と文句は激烈だった。来賓の祝辞を眉一つ動かさず聞きながら、私は空模様を気にしていた。雨雲が、国旗掲揚台のポールの先まで垂れてきている。隊列の前から迫まってきた雨雲は、大粒の雨を落しはじめた。頭に雨の直撃を受けた生徒たちが、騒ぎ出した。先生たちは伸びあがって、生徒たちを目顔で制止する。雨は本降りになった。壇上にあがったばかりの来賓が、祝辞の巻き紙を開く。一人、長長としゃべるつもりらしい来賓の巻き紙を、雨が襲う。紙が切れる。

学徒の列から、笑いが湧いた。くすくす笑いは広がって、先生と来賓たちにも伝染していった。微苦笑を浮かべて雨に打たれている大人たちの慎ましさに、私たちはまた笑った。びしょ濡れになった学徒たちに、今日は自宅で休養するように、命令が下った。まだ雨雲が走る空の下を、私たちは第三門に急いだ。第三門で待っていれば、友人の誰かに逢えるはずである。土曜日の下校時のように、私たちは晴れ晴れしていた。来賓の祝辞が、大雨で中止になったのが嬉しかった。予期しない余分な休みと、ひさびさにみせた大人たちの、育っていく若者たちへの正常な判断が、嬉しかった。

予想通り、第三門の近くで美華と法子に逢った。法子は三つ編の先を、黒いビロードのリボンで結んでいる。生乾きのブラウスの胸をつまんで、ゆげがたってるでしょう、これはわたしの熱き心なの、と笑っていう。Sさんのこと、と私が聞いた。

七高生のSと法子の仲が、噂になっていた。噂の相手のSは、工作技術のN高女生たちの、話題の中心でもある。Sは、少女心を掻き立てるヒーローの必要条件を備えていたらしい。頭のいい、蒼白い顔色と深刻な雰囲気をもった、長身の青年だったようである。Sも心得ていて、十五人の少女たちに表面上は、なべて優しかった。

Sの机は部屋の中央、梁の真下にあった。美華の席から図面を引くSの顔がみえ、美華と向きあった斜め左の席に、法子が坐っていた。机を四つくっつけた通路に沿った席で、だ。

Sは通りすがりに、法子によく冗談をいった。昼休み、法子の机に寄りかかって話し込むSを、美華は悟られないようにみていた。美華の観察では、法子に特別優しかったようだ。

結成式から一週間ほど過ぎた日の午後、Sの病気療養を、法子が美華たちに告げた。肺に曇りがみえるという。女学生たちはSを取り巻いて、すぐ職場に戻れるのか、と聞いた。Sは答えず、〝惚れた女房と別れるのは辛いよ〟と美華をみていう。偶然だろうが、美華は慌てて目を伏せた。情を含んだなまなましい言葉に頰を赤らめていると、惚れた女房って誰ですか、といつもの明るさで、法子が聞く。末っ子の法子は、ませた部分と未成熟の面をもっている。すかさず文学少女の生徒が、仕事のことでしたい、といった。

美華たちは、Sにめいめいのノートを渡して、別れのサインを頼んだ。机の整理をはじめたSをみて、長い別れになる予感がしたのである。私有物を風呂敷にまとめてSは、抽き出しの奥から、石鹼箱を取り出した。それを部屋の隅にある手洗い場で、丁寧に洗っている。真っ赤な、琴の爪を仕舞うほどの小さい石鹼箱である。腰にさげた手拭いでSは石鹼箱を拭き拭き、法子の机の横に立った。美華が考えていた通り、はい、といってSは石鹼箱を法子に渡した。

十五冊の、不揃いなノートを抱いて、Sは西郷寮に帰っていった。翌朝出勤すると、法子の机の上に、ノートがまとめておいてあった。女学生たちはノートの言葉を読み上げる。Sを独占しない、お互いの牽制である。

猫の絵ありがとう、と法子が大声で読む。法子は猫の絵を描いて、贈ったらしい。美華はノートを開いた。

御身の手でわが髪を撫でよ
わが頭は悩みに重し
かつてありしわが青春を
奪いとりしはきみなりき

美華はノートを閉じて、気付かれないように抽き出しに仕舞った。法子が、ずるい、と美華をさしていった。

その日帰宅の途中、どういう意味なのだろう、と美華は仲のよい文学少女にノートをみせた。大橋の土道を歩きながら、ヘッセの詩でしたい、といい、あんなんからラブレターもろたことあっと、と聞いた。美華はかぶりを振る。少女は、大好きな詩だといって、続きを暗誦して聞かせ、くすっと笑って、うちなら走っていって彼のあのぼさぼさの頭を抱いてやるよ、といった。美華は道の端に立ち止まって、大胆なことをいう友達をみつめた。ね、ほら、おうちはそうやって無意識にみつめるやろ、女でもどきっとすっとよ情熱的で、おうちの目は「恋の的」さ、ばってんおうちはそれを知んならん、好いとっとやろ？　手紙を出さんね、いってしまいなるよ、といった。美華は頷いて、ばってん、そっと一人で思とったほうがよかった、といった。

故郷に帰ったSは、八月九日、西郷寮に戻っていた。療養をいい渡された一月を、読書や映画を観て暮すつもりでいたらしい。厳格な祖母は、いい若い者が病気療養など世間さまにみっともない、何処にいても死ぬのは同じ、ならば御国のために死ね、といったとか。祖母の意見にSは賛成したのか、療養の半ばで西郷寮に帰ってきた。Sは八月九日、西郷寮の草原を歩いていて被爆したらしい。美華はSの生存を、長い間信じていた。故郷にいるもの、と思っていた。Sが長崎に戻った理由は、祖母の一言だったのだろうか。

法子も被爆死した。工場を休んでいて、爆心地にあった自宅で死亡している。家族のうち、一人の姉が生き残った。

美華はガラス片で、傷を負った。憧れだった工作技術のガラスの城は、閃光を余すことなく吸収して、崩壊した。

被爆者の看護の手伝いをしていた母は、諫早の海軍病院で二、三人の七高生に逢っている。私が助かって帰宅したことを話すと、よかったですねえ、としみじみ喜んでくれたという。母はまた、私を探しに長崎へ向かう途中、トラックに乗った救援隊の学徒にも逢っている。学徒の一人は、私たち三人の職場を知っていたそうである。私たちの安否を母が訊ねると、あの工場はすぐに火が出ましたから、と言葉を濁したという。私たち三人の職場を知ってよかったですねえ、と無事を喜んでくれた未知の七高生が誰か。私たち三人の職場を知っていた学徒が誰なのか。彼らは健在なのか。

七月二十三日　月曜　晴
監督、南、経堂、無田。
欠勤者、—、—、以上三一名。
遅刻、—、—、以上三名。
事故なし。
記事。
一、浦上分院へ生徒健康診断に一五名引率す。引率、南先生。時刻午后三時半集合。
欠勤者追加、—、—、二名。
一、動員学徒傷害死亡保険に加入の件、通知あり。
七月二十四日　火曜　晴
監督、無田、南、経堂。
欠勤、—、—、以上三〇名。
遅刻者、—、—、四名。

事故、—子扁桃腺炎にて早引す。
記事。
一、警戒警報発令、十二時五十八分。解除十三時二十分。
一、浦上分院へ生徒健康診断に一五名引率す。引率者、無田。午后零時半より二時半まで。
一、第二機械—子、第一精密—子の二名、七月二十四日附をもつて解隊通知あり。

生徒の健康診断は十五人ずつ、生産に支障のない範囲で行われた。記録を繰ると、一月に一回の割で、生徒の健康診断が実施されている。意外なのは肉体労働の職場ではなく、工作技術などに多く出ている。肺に濁音が聴えて、休養をいい渡された生徒が出ている。法子は過労のためか、七月の下旬から欠勤が目立っている。

七月二十七日の金曜日、動員以来二度目の登校日を迎えた。早めに下宿を出た私は、七時半にはもう、諏訪神社の石段の下にきていた。集合は八時五分である。学校まで五分とかからない。朝は熱気を含みはじめて、打ち水がしてある石段から、水蒸気があがっていた。そのなかを数人の女学生が、跳ねながら降りてくる。なかの一人が私の名を呼んで、駆け下りてきた。法子だった。法子はすぐ、上海の友人たちの話をはじめた。上海に残っていた友人たちが、ぞくぞく内地に引き揚げてきている。しかし海路も大陸廻りの汽車の切符も、闇ルートさえ入手出来ない状況という。法子は声を低めて、上海玉砕説が広がって、上海を離れる中国人たちの列で街は夜も昼もざわめいて、外出は危険になっている、といった。上海の中国人たちは、国際間の異変に敏感である。殊に下層階級のクーリーたちが、天秤棒や腰の廻りに鍋釜をさげて北停車場に向かって動き出すと、必ず数日後に、事変か戦争が起きた。

玉砕の危機にさらされている友人たちの、不安定な心理状態を思いながら、私は入学直後に起こった一つの事件を、考えていた。それは戦争という異常な時代に起きた、魔女狩り的な事件だった。

火元は、私たち一年生だった。しかし私たちが、事件になるように工作したわけではない。無邪気に、多少の批判めいた口調で、親たちに告げ口をしたのである。その結果、話は呼吸をはじめて膨らんでいき、一人の女教師を、教壇から追放する結果になった。

発端は、ささいなことである。英語の時間だった。大学を卒業したばかりの先生は、授業に熱心だった。問題の発言は、熱心さのあまりの、言葉の弾みである。私たちの不勉強を戒めるために、こんな調子ではアメリカの少女に負けますよ、と先生はいった。宿題を忘れたとか、スペリングを覚えてこなかったとか、その程度である。私たちは、はーい、と間のびした返事をして、何事もなく授業を終わった。先生は、幾つかのクラスで、同じような注意を与えたようである。翌朝登校すると、数人の四年生が、三階の廊下にいる。

上海の女学校は、一階が四年生の教室で、階が上がるにつれて三、二、一と低学年生になる。上級生は体が重いからだといって、私たちは見晴しのいい三階の教室に、嬉嬉としていた。窓から、のどかな江南の田畑がみえ、菜の花と桜の花が入り乱れて咲く春の風景は、階段を上がる苦労に勝るものがあった。

一階の四年生が、三階に姿をみせることは、めったになかった。赤と白の、横縞の腕章を付けた週番が掃除の点検にくるぐらいで、上級生の目が届かない三階は、天国だった。教室に入ろうとする私たちに、先生が、アメリカに負けるといったのは本当か、と四年生が聞いた。アメリカの少女に負けるといった、と幾人かが答え、アメリカに負けるといった、と幾人かの一年生が答えた。私はどっちとも答えず、人だかりの周りを、うろうろしていた。始業ベルが鳴るころには、廊下の方方で人だかりが出来ていた。

四年生たちは確かめると、朝日が輝く広い廊下を、小走りに去っていった。学校工場に変わる以前で、女学生たちが廊下を歩く優雅な姿に憧れて、私は入学試験を受けたのである。

問題は職員室に波及し、日本人居留民の高官たちの耳に伝わった。高官たちの幾人かは、前日の夜のうちに、帰宅した娘から聞いていたのだ。

調査を命じたのが外部の大人だったのか、自発的な生徒の行為だったのか。調べて廻わる中心に、「御国」に忠誠を証さなければならない理由をもつ、生徒がいたようである。

日本生まれではない、という理由が、彼女を追い立てたのだろう。事件を大きくしたのは、彼女一人ではない。廊下のあちこちで固まっているうちに、魔女狩りの様相をおびてきたのだ。二十二、三歳の、姉のような先生の授業は、その日から自習に変わった。二、三週間後だったか、先生は学校を去った。

日本人居留民にとって怖いのは、連合国軍が上海に上陸したときの、中国人の行動である。戦勝国の名をほしいままにした日本人への仕返しは、当然ある。だが、同胞も怖い。何かのカモフラージュの必要から、また自己の立場を証すために、標的にされて教壇を追われた先生の二の舞いは、我が身にも考えられる。早く引き揚げてきていた幸運を、私は法子に話した。法子は頷き、でも、わたしは上海に帰りたいの、といった。外地から引き揚げてきた者にとって、内地は決して、心安らかな場所ではなかった。しかし最終の地は、生まれた母国にしかなかった。

法子と別れた私は、学校の変りように驚いた。町工場化した校舎で、白鉢巻をしめた下級生たちが、猛然とミシンを踏んでいる。図書館は社会団体の、事務所に変わっていた。戻る場所は、学校にもなくなっていた。講堂に集合した私たちは、「N高女勤労動員歌」を習った。生徒の作詞に、音楽教師が曲をつけた、動員歌である。クラスごとに分かれた私たちは、担任の教師から増配券と、八月分の市電の定期券をもらった。増配券は、肉体労働者に特別に支給される、米の配給券である。私たちは立派な、肉体労働者だった。だがこの契約事項を具体的に説明してくれた大人は、一人もいなかった。そして増配券の米が嬉しく、子供が大人にすげかえられた現状を、私は質してみようとは思わなかった。

七月二十九日　日曜　晴

監督、無田。

欠勤者、―、―、一九名。

記事。

一、警戒警報七時三十九分に発令。間もなく八時六分に空襲警報発令され、一同退避す。空襲警報解除十三時。警戒警報解除十五時。

工場附近に投弾せるも工場及生徒何等の被害なし。

七月三十日　月曜　晴

監督、無田、南、経堂。

欠勤者、―、―、四八名。

遅刻なし。

事故なし。

記事。

一、空襲警報七時半、同解除八時十五分。再空襲警報九時、同解除九時二十分。再度空襲警報十時四十分。同解除十二時頃。
一、十時四十分の空襲時は警報と同時に敵機来襲す。投弾せず。異常なし。
一、先に健康診断の結果、休養を要する者、―、―、六名。いづれも気管支炎にて、拾日或は二拾日の休養を要するとの事。
今日午后三時より南先生の引率のもとに、休養証明書を、三菱病院浦上分院にて受く。
八月一日　水曜　晴
監督、経堂、無田。
欠勤、―、―、五〇名。
記事。
一、警戒警報発令、八時五分、空襲警報発令八時半。解除九時。第二回空襲警報発令十一時十五分、空襲警報解除午后二時半、附近に投弾ありたる模様、爆音ひどく、山の中は不安を感ず。
一、―子出勤(注、長期欠勤者か)職場配置がへを願ふ。烹炊係に配属さる。
一、南教諭は報償金手伝に登校さる。
「学徒の給与は、共同業績に対する報償金と解され、報償金の内訳は基本報償金、特別残業報償金に分かれる。」と記録がある。「納付された基本報償金のうちから授業料その他の校費をさし引き、一定額が各学徒に交付され、その残金は学校報国団の特別会計に繰り入れ、学校を卒業その他離校する場合、本人に交付された。」(『生き残りたる吾等集ひて』)とある。八月九日の被爆が鮮烈過ぎたせいか、その後の生死以外の日常はすべて私には雑事になって、記憶の外にある。十八円なにがしかの報償金は、被爆後に受け取ったものしか覚えていない。十八円の命か、と苦笑した思いにつながって記憶している。

八月に入ると、空襲警報は息つく間もなく繰り返されるようになった。空襲警報が解除になっても、警戒警報が続く。警戒警報が解除にならないまま、二度三度の空襲警報発令である。職場と杉山の間を右往左往しているうちに、一日が終わった。逃げる私たちを、同じ年頃の女子工員たちが見詰めている。彼女たちは、工場近辺に爆撃がない限り、待避は許されていなかったようである。

ふりそそぐ光のなかを走りながら、逃げる特権に負い目を感じるようになった。空襲警報が発令されると、必らずB29が飛来するようになっていた。空振りで終わっていた空に、一機二機と、絹針ほどの機体を光らせて、一万メートルの高空を飛んでいく。私たちは杉山の湿気た落葉の上に坐って、微かな上空の爆音に耳を澄ませていた。B29は爆撃をしないで、通過することが多かった。偵察だろう、と噂がたった。偵察なら確実に、近日中に爆撃があるはずだった。四月二十六日の、ドックを中心に行われた爆撃を最後に、偵察が繰り返されていたのである。不気味に続いていた長崎の静寂は、七月二十九日、破られた。

出勤した私たちは、紙屑再生機のスイッチを入れる間もなく、杉山に逃げた。朝八時から昼過ぎの一時まで五時間、空襲警報下におかれたのである。

静かな時が流れていた。しかし長時間、空襲警報が解かれないのは、長崎の上空付近を、敵機が旋回しているということである。私たちは全身を耳にして、空を窺っていた。

二時間ほど経ったころ、微かな、だが重量感のある爆音が、聞こえてきた。杉山の裾に立って、生徒の安全を見張っていた無田先生が、伏せなさい、と叫んだ。続いて、防空壕の近くにいる生徒、壕に入りなさい、と叫んだ。日曜日で、午前中の出勤は無田先生一人である。壕から離れた斜面にいた私は、杉の落ち葉の上に伏せた。爆音は、真上にきていた。爆撃がはじまった。炸裂音がして、木や山が揺れる。編隊は三十機ぐらいだろうか。爆撃を受けているのは、山の、反対斜面のようだった。爆撃音がとぎれた僅かな間を縫って、異状ありませんか、と先生が叫ぶ。山のあちこちから、ハイ、と私たちは口口に答えた。

空襲は執拗に続いた。積んできた爆弾を全部落として帰る、これが金持ちの国アメリカの戦法、といわれていた。

この日の爆撃目標は、三菱造船所だった。爆撃はA26三十二機の編隊で行われ、五十一トンの爆弾が落とされた、と記録されている。

二時間にわたる空襲で、市電は不通になっていた。いたる所で電線が切れて、数日間、歩いて通勤しなければならなかった。下宿から大橋工場まで、急いでも五十分かかる。行き帰りの二時間で、私は体力を使い果たした。空襲にこりたのだろうか。翌三十日の欠勤者欄に、はじめて私の名が載っている。

七月三十一日は、代ってB24二十九機が来襲している。市内の一部と、川南造船所が爆撃された。低空で波状攻撃をする爆撃機は、山に伏す私たちの背筋をなめて降下し、上昇していった。二十九日の恐怖から、先生たちは水びたしの防空壕に生徒を詰め込んだ。山に取り残された生徒は、身を縮めて坐って、震えていた。みなさんが防空壕に入れるように所長に頼みますからね、と職場に戻っていく生徒の姓名を確かめながら、先生がいった。

たび重なる偵察が続いていた七月の下旬、原子爆弾は空と海から、擬装をこらして、テニアン基地に運び込まれている。そして八月二日、原子爆弾投下の指令が、テニアンの混成部隊に発せられる。長崎市に原爆投下を命ぜられた現地の空軍上層部は、「工業地帯のほぼ中央部に捕虜収容所あり、捕虜収容所の存在が投下目標の撰択に影響を及ぼすかどうか」と中央参謀本部に問い合わせている。回答は「指定されている標的はそのまま変更なし」(『長崎原爆戦災誌』)と出されている。

工場に申し入れてあった、三人の職場の配置換えが正式に決まった。報告をもって、無田先生は上機嫌で紙屑再生場にやってきた。新しい職場は、赤煉瓦の建物のなかにあった。事務の手伝いだという。小舎から、建物の名に相応しいビルディングに移るのである。私は一級上等な人間になった気がして、一生懸命働きます、と先生に誓った。

N高女生の勤労態度は褒められているの、しっかりね、と無田先生はいい、八月十三日から出勤するように指示した。赤煉瓦の建物は八月九日、全壊した。

八月一日の爆撃は、B24、B25の五十機編隊である。三菱造船所、三菱製鋼所が爆撃された。落された爆弾は、百十数トン。無田先生は工場日記に、杉山の待避に不安を感じた、と書いている。この日も仕事に就いた時間は二、三時間あっただろうか。私たちは、三日間にわたって攻撃された、穴だらけの町を物珍らしく眺めて、市電の線路を歩いて帰った。町は、死臭を溜めはじめていた。

爆撃目標が軍需工場に集中してきたのを心配した親たちが、娘たちを手放さなくなったようである。八月二日には、欠勤生徒数が百四人になっている。動員生徒三百二十二人のうち、三分の一の欠勤である。

八月三日　金曜　曇後暴風雨

監督（注、記入がない）
欠勤、―、―、以上九六名。
記事。
―子足、切粉にて切傷。二針縫ふ。
八月四日　土曜　晴
監督（記入なし）、全員三三一。
欠勤、―、―、一〇五名。
記事。
一、四時前、空襲警報発令、間もなく解除さる。避難最中、爆音らしき音聞えや、慌て気味だつた。大型一機にて偵察の為らしい。

工場日記に、無田先生の語る言葉が少なくなってきている。疲労とあせりの色が、少い言葉ににじんでいる。

妙子は八月一日の大規模な空襲に「敵撃滅の念深まる。撃ちてし止まんだ。帰つてから夕食行水。歩いて帰つたので、とても疲れた。夜は防空壕で寝るつもりである。」と日記につけている。九時にはおばあさんを誘って、防空壕で眠っている。

八月二日木曜日は、起床五時、就床九時。「今日は歩いて通勤する。きつくてたまらない。」と記している。

翌日の三日は、大雨が降った。横なぐりの雨によろけながら、大橋工場まで、吹きさらしの道を私たちは歩いていった。顔見知りのクラスメートと逢っても、話しかける気力もなかった。すり切れた下駄の鼻緒をびしょびしょに濡らして、ただ歩いた。防水性のない手縫いの鼻緒は、雨に濡れるとなかなか乾かない。足許は一日じゅう湿っ気て、作業ははかどらなかった。妙子は、「電車の有難さがしみじみわかる。」と書き、下宿の部屋で、白くふやけた足の爪先を、さすっている。

撃ちてし止まん、と意気盛んだった妙子は、五日ついに音をあげた。気力も体力も最悪の状態で、いつも組長に褒められるめっき作業も、うまくいかない。ヤスリが滑って、指先をすりむく。手許の狂いをヤスリのせいだと思い、組長に交換を頼む。ヤスリを調べた組長は、まだ使ゆる、と押し返した。道具が悪ければよい仕事は出来ません、と妙子は口応えした。意のままにならなかった仕事への腹立ちもあって、「今日は絶対に歩くまい。馬車かトラックに乗せてもらはう。」と決めている。妙子は友人二、三人と運送部にいって、市内便を待った。一時間も粘って、トラックの荷台に乗せてもらった。

八月五日　日曜　晴

監督（記入なし）
欠勤、一、一、三二名。
記事。
一、全般的に昨日より欠勤減少す。本日は空襲警報発令ありたるも短時間にして又投弾なく、比較的静かな平和な一日であつた。一同、五時退場時刻まで異状みとめず。
警報に関する記事。

十時四十九分警戒警報発令。

十一時三十分空襲警報発令。

十二時空襲警報解除。

十二時三十分警戒警報解除。

警戒警報解除後、工場上空に爆音あり。退避の鐘なり。不安を抱きたるも、後、友軍機なりし事判明せり。


工場の中心部で、鐘が乱打されていた。鐘の乱打は、不意の敵機襲来である。副長が、暗い土間を駆け抜けていった。

よほど動転しているらしく、カーキ色の鉄兜のあご紐を、結ばずにいる。仕事がない私たちも、副長の後について走った。敵機襲来、と副長は小舎全体に聞こえる大声でいい、机の下にもぐれっ、と私たち三人の背中を押す。爆音が聞こえてきた。飛行機はのどかな爆音を残して、飛び去っていった。机の下から首を出して、早よう待避壕を掘りあげんばならんですね、と副長がいった。続いて首を出した工長が、もう出来上るころじゃろ、といった。

　塀の外の壕は、まだ完成していなかった。夏のはじめごろから、塀の外の原っぱに、壕が掘られていた。女子工員たちが毎日、土を掘っていた。完成すれば私たち三人も、工場の職員たちと待避する予定になっていた。

　掘り出した湿った赤土は、少女の工員の、背丈より高く積まれていた。

八月六日　月曜　晴
監督（記入なし）
欠勤者、―、―、六六名。
記事。
九時三十四分警戒警報発令。
九時五十五分空襲警報発令。
十時五十五分空襲警報解除。
十一時五十三分警戒警報解除。

十二時五十五分再び警戒警報発令。
間もなく解除、異常なし。
八月七日　火曜　晴
監督（記入なし）
欠勤、―、―、六一名。
事故なし。
記事。
一、十時五十五分空襲警報発令。
十二時五分右同解除。
一、生徒一名S県より転入。第一機械工場に入所す。
一、欠勤者大分減少す。
一、保安課長の所へ行き、待避所に就きよく相談をなす。

昼夜境いのない空襲警報である。私の下宿の主婦は、真夜中に空襲警報が発令されても、起きなくなった。私が起きてモンぺに着換えていると、寝ときますせ、敵も夜は眠っとるさ、といった。幾度かそうしていると、町内会の班長という男が雨戸を叩いて、国の守りをおろそかにする非国民、と近所に響く声でいった。

先生たちの疲労は、目にみえていた。退避する生徒を第三門で確認し、鉄道の踏切りの手前で、逃げてくる生徒の無事と人数を数え、安全を見届けるのである。三人が手分けして、日照りの道に立って、一人一人をノートに記入するのである。

一方職場では、学問した女は理屈っぽい、と煙たがられていた。厭がられても、生徒を守るために、先生たちは発言を続けなければならなかった。職場に馴染めなかったのは、先生たちだったのかもしれない。その分私たちが叱られる回数が、多くなった。杉山の待避は、私たちの息抜きの時間だったが、私語はやめっ、と叱られる。山の頂は涼しいので、蒸し暑い山裾を避けて待避していると、あなたがたは何を考えているんです、弾薬庫の前でしょ、と追い立てられた。

八月一日の爆撃の後、また暫く平穏な日が続いていた。

八月八日　水曜　晴

監督（記入なし）

欠勤者、—、—、七〇名。

記事。

一、出勤時刻前に空襲警報発令さる。

大詔奉戴日の為、七時半集合にて、生徒殆ど工場へ来てをり十二時五分迄式はせずして、所定の場所へ待避せり。

一、三時の休みの際、奉読式挙せらる。

工場日記は、八日で終わっている。三日前に記入されている、平和という無田先生の文字が、目にしみる。

「八月八日　水曜日　晴天

起床六時、就床九時、帰宅六時四十分。

今日長崎は空襲をうける日だと聞いてゐた。大橋につくとすぐ、空襲警報が出た。急いで山に待避した。一時前に解除になつた。八日の詔書奉読式は三時からあつた。今日おにぎりの配給があつたが、私にはくださらなかつた。帰りに電車のガラスがわれて足を怪我した。私たちの職場は今度も増産運動は一等だつた。夜警戒警報が発令され壕にいくとすぐ解除になつた。」

これが妙子の、八月八日の日記である。大詔奉戴日に、白米の握り飯がお上か工場から、ご褒美に配られたらしい。

抽籤だったのか。私はもらった記憶がない。蓮田も原もだ。

八月九日の朝、日課になった敵機の来襲で、私たちはいつものように杉山に待避した。防空頭巾をかぶって斜面に寝っころがると、冷えた土に疲れが吸い取られて、気分がよかった。杉の、よじれた細い梢は風にそよぎ、先を、白い雲が渡っていく。戦争も爆撃も、もうどうでもいい気持ちになって、いつの間にか私は居眠っていた。

さあ急いで、職場に戻りなさい、生徒を促す南先生の声で、私は目を覚した。走って、杉山の木陰から日向の道に出たとき、あなたたちっ、と鋭い先生の声が飛んだ。驚いて振り向くと七、八人の少女が、南先生の前で立ちすくんでいる。私と同年代の少女たちに、片付けなさい、と南先生がいった。ここはN高女生の待避所です、あの食べ散した紙屑は何です、万一のことがあったらうちの生徒の恥になるでしょう、といった。少女たちは降りた斜面を登って、新聞紙の屑や焼き芋の皮を、拾いはじめた。少女たちは、他の学校の生徒らしかった。

私が南先生の姿をみたのは、これが最後である。

十一時少し前、妙子はヤスリかけの鉄板をもらいに行くために、工場のなかを歩いていた。ふと、外の空気が吸いたくなって、入口に歩いていった。外に出て空を仰ぎ、深呼吸をした。二、三回深く空気を吸って、めっき用の溶解液の、大がめの前に立った。南先生が、中二階の教官詰所から降りてきていた。白い開衿シャツと栗色の髪が、入口から射す光に、鮮明に浮き出ていた。光を背にして立っている妙子には、気付いていないようだった。

近付いてくる爆音を、先生は聞いたのだろうか。上体をのり出して、それから叫んだようだった。同時に妙子は、背中に熱い光をあびて、倒れた。めっき用の溶解液が割れたかめから流れ出し、傷を負っているらしい背中にしみていった。妙子は気を失った。

杉山から戻った美華は、机の前に坐っていた。与えられた投影図の、清書にかかった。空席が目立ち、欠勤を続けている法子を加えて、五人が休んでいた。美華は、トレースの手を止めて、空席のままになっているSの席に、ぼんやり目を当てていた。そのとき、桃色真珠をばらまいたような暖かい光が、机の上に広がって、美華は光のなかにうずくまっていた。

八月九日無田先生は、市の中心にある役所に——当時は、大村に出張中といわれていた——出張していた。大橋の工場方面にあがる黒煙をみて、先生は生徒の救出に走った。幾日も焼けた山の斜面に寝起きして、生徒を探した。十五夜に近付きつつある月は明るく、山や、浦上川の河原に逃げている生徒たちの顔を、照らしている。顔を月明りで確かめて、工場日記の余白に、名前を書き付けていった。

死亡、重傷、不明、無事、健在、諫早海軍病院、大村海軍病院、長与小学校などなど。八月十八日に床に就くまでに、百八十七名の無事と、重軽傷者九十二名、三十三名の行方不明者を確認している。

南先生は即死である。I先生の後日談だが、経堂先生は大橋の橋桁まで逃げていた所を、救援に出た生物の先生と物象の先生に助けられた。現場で死亡、の説が流れていたが、I先生の話が確かかと思う。水を求めて浦上川の河原に降りたのだろう。周りに、N高女の生徒たちが集まっていたという。先生は、手当てをしてくれる同僚たちに、お世話をかけます、と繰り返していたという。

無田先生の死因は、二次放射能による原爆症である。貝津の浜で出逢ったのが、この世の別れになった。そのとき私は、南先生と経堂先生の死を聞いた。

走り書きで書き留めていたメモを、先生は整理したのだろうか。工場日記と同じノートに——㊣　フールス　5　四十八听　正味四十枚　定価金十六銭とある——被爆後の生徒の生死、行き先をまとめて書いている。私の姓名の下にはより詳しく、諫早市東小路、山田方、と記入してある。蓮田、原は健在とある。美華は無事。妙子は、大村共済病院に収容、法子は自宅死亡、と書き記してある。

『生き残りたる吾等集ひて』をみると、昭和二十年七月までに動員された学徒数、三百四十万余人とある。死亡者一万九千六十六人。内八千九百五十三人が原子爆弾による死者。傷病九千七百八十九人、内三千九百九十四人が、原子爆弾による、と記録されている。

沖縄では九万人が、玉砕している。

七高生追悼文集に、

友よ許してくれ。花のいのちよ、価値ある人生を送るはずであった友よ、

やすらかに今はねむり給え。

という言葉がある。一節を借りて、私の「不明の時」への解散式にしたい。永遠に――。

左記の書物や記録を参考、引用させていただきました。心より感謝いたします。

亡き師の「工場日記」

友人MとYの資料と日記

『わが青春―七高時代』（北辰会）

『そは永からぬ三年かし』（昭和十九年入学、七高生の記録）

『友、一中一条会』（沖縄県立第一中学校）

『生き残りたる吾等集ひて』（長崎県動員学徒犠牲者の会）

『長崎原爆戦災誌』（長崎市役所編纂・一～五）

『昭和史事典』など

一九九三年版あとがき

便り

この便りを書くために、『やすらかに今はねむり給え』のページを繰りました。読み返しながら、私の文章としては滑りのいいものだ、と思いました。私の最初の作品は『祭りの場』ですが、これも八月九日の被爆が主題です。思いが唇に溢れて、文章もこちこちに硬いです。それに比べると『やすらかに……』は自然に読める気がします。あの日への思いは同じなのですが、年月の経過が、肩の凝りをほぐしてくれたのでしょうか。

しかし、やはり冷静ではいられません。最後のページにある—亡き師の「工場日記」—という活字を目にしたとき、目頭が熱くなりました。師への思い、被爆死した友人への思い。逝った師や友人の心中を思いはかることなど、とてもできませんが、ただ胸が熱くなるのです。

収録されている「道」は、工場日記を遺してくださった先生のお一人、立花先生への思いを芯に、コンクリートの下に埋もっていく八月九日を、書いた作品です。美しい、三十歳になったばかりの先生でした。

八月六日の広島、九日の長崎から半世紀の年月が過ぎました。学徒だった青年たちは還暦を過ぎて、次の世へ移った者も多くなりました。いま私は親しい友人たちと、被爆者最後の生き残りになりましょうね、などと、不謹慎な話をしています。

〝今日、広島・長崎の、最後の被爆者が死にました〟二十一世紀のいつの日か、こういう記事が、新聞の隅に載ることでしょう。見出しが大きくとも、小さくとも、その日が平和であるのを願うのみです。沖縄県立第一中学校の「入学の歌」にありますように、少年少女たちが〝我等みな嬉し〟と大空を仰いで歌える日でありますように。

「祭りの場」が肉体への影響を追ったカルテなら、「やすらかに……」は心のカルテ、とでもいいましょうか。八月九日を書いたことで、沢山の友人の、八月九日を知りました。当時は口を閉ざしていた友人たちも、ぽつぽつと工場時代のこと、九日のこと、原爆症の話、不安、そして差別、結婚出産など、話してくれるようになりました。どれも、九日を避けては通れないことばかりです。友人も私も、二十世紀の悲劇のヒロインを演じようとしているのではありません。相手のほうから、問題はやってくるのです。

そんな人生のなかで、心安らぐ話もあります。戦争一色のなかにあって、抑えようにも抑えきれない青春。誰にも封じることができない青春です。目耳口、すべてが塞がれた時代に、自分で考えようと努め、見ようとし、伝えようとした青年たちがいたこと。友人から、これらの動員学徒の話を聞いて、一握りの人たちであっても、自分の頭で考え、判断できる知性が生きていた事実に、驚きました。「やすらかに……」では、私たち女学生より三つ四つ年上の知的エリートたちの、時代にささやかな杭をたてた姿勢を、書きたいと思ったのです。

そして、六日九日に限らない学徒たちの死。ことに戦場となった沖縄の中学生、学徒兵たち。沖縄県立第一中学校卒業生のお一人、牧志朝介氏は、同学年生たちの、十四、五歳の兵士として戦わされた事実を、教えてくださいました。

第七高等学校の生徒で、三菱兵器大橋工場に動員されていた末弘喜三氏、その他の方から貴重な記録と手記を、頂戴しました。

題名、「やすらかに今はねむり給え」の言葉は、笹岡健三氏の「昭和二十年の日記から」のなかから引用させて頂きました。笹岡氏も、七高から兵器工場に動員され、十五人の学友を原爆で亡くされた方です。万感の思いがこめられていて、これ以上の言葉はないと思い、拝借した次第です。

昭和二十年五月二十五日からはじまった動員の生活日記と話は、私の同学年生だった山口美代子さんと、吉永正子さんから頂戴したものです。吉永さんの日記は、少女らしい初々しい感情が溢れていて、辿りながら、私の毎日はどうだったのだろう、と思いました。思い返しても、ほんのり灯がともる思いはありません。少しはあってもいいものを、と少女期の貧しさに、また質の違う悲しさを覚えます。まあ、しかし、その分逞しく生きて参りましたが。

今日まで、八月九日に関する作中人物の固有の名は伏せてきましたが、「やすらかに……」に関しては、確かなものとして書いていたいと思います。皆さまの了承を得て、お名前を掲げさせて頂きました。また、亡くなられた三人の先生は長崎県立長崎高等女学校の、立花玉枝先生（作中、南先生）角田京子先生（無田先生）蒲池悦先生（経堂先生）となります。

コピーをくださったI先生は、池田進先生です。どの先生も、逝かれてしまいました。

以上、書き添えさせて頂きました。

お付合いくださいました皆さまに、心よりお礼を申します。

一九九三年五月一日

追伸

著者から読者へ

林　京子

一九九九年十月、原子爆弾実験の地である、アメリカ合衆国ニューメキシコ州のトリニティ・サイトに立ったとき、あの広大な大地の空に、ロッキーの山並みが地平にかすむ野に、空飛ぶ鳥の姿はなく、草の実のはぜる音もなく、沈黙の天地はただ黙して、私の前にありました。

一九四五年七月の未明、人類史上初の原子爆弾の閃光はこの曠野を走ったのです。私は人がなした罪の深さに、頭を垂れました。

この時代に、『やすらかに今はねむり給え』のスタンダード版が出版されますことを心から感謝いたします。被爆死した学友たちの遺稿集『やすらかに……』を編《あん》だ「七高会」の白髪の学徒たちは、今年も浦上の慰霊碑の前で献杯されたそうです。

二〇一五年師走

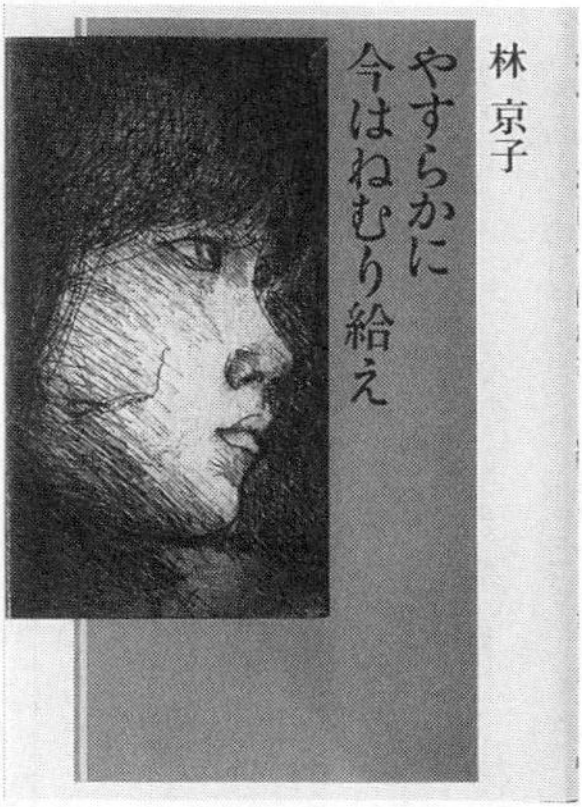

1990年　講談社刊（単行本・カバー）

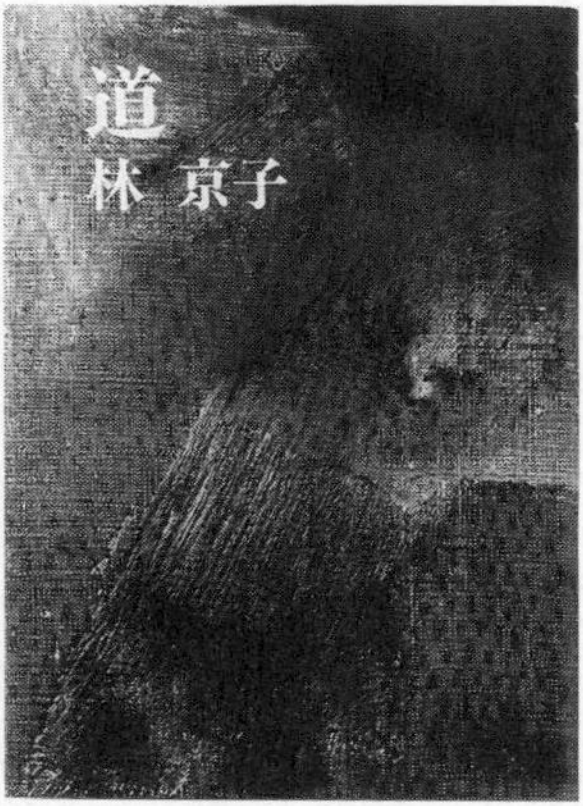

1985年　文藝春秋刊（単行本・カバー）

長く粘り強い試みを噛みしめる

解説

青来有一

書きたくて書いているのではない——、林京子の小説の行間から、しばしばそんなつぶやきが嘆きやため息とともに聞こえてくる。たとえば「道」のなかの次の行《くだり》、高等女学校時代の「TとKの両先生」、そしてN先生の三人の女性教師の死をめぐっての記述だ。

特にK先生の場合、即死、の噂だけで、神かくしにあったように細部の消息は知れなかった。三人の死は八月九日の混沌としたその時に放置されたまま、三十年間、私の内でくすぶって来た。できることならば、確実な死の様子を知りたい。死を確かめることは、三先生が生きていた証《あかし》にもなる。それが生き残った私に課せられた師への供養に思える。先生のためばかりではない。私も、もう身軽になりたい。確かめた死の一つ一つを、私の八月九日から剝ぎとって、あの日から抜け出したい。

被爆者は、英語では「hibakusha」とそのまま表記されることが多いが、「atomic bomb survivor」と訳されることも少なくない。なるほど被爆者とは「survivor」、「生き残った者」なのだ。生き残った者は死んでいった者たちを抱えこまないわけにはいかない。死んでいった友人や恩師などを慈しみ、愛おしみ、くりかえして想い起しながらも、彼らから自由になりたいと望むのもごく自然なことだろう。

だが、被爆者は死者たちから逃れることはできない。「私も、もう身軽になりたい」、「あの日から抜け出したい」と嘆きながらも、彼らを抱えこんで書き続けていくしかない――、その覚悟と諦念のあいだに林京子の文学の原点はある。

被爆者の語りに耳を傾け、手記などを読んでいると彼らの証言にいくつかの側面があることに気がつく。

まずはじめに、被爆時の衝撃の体験がもたらす深い混乱の表出という側面だ。多くは被爆のその瞬間の光と、その後の地獄図と化した周囲の状況、死にゆく者の看取り、亡骸の荼毘などの経験が語られる。語るにも語りえないという諦念にもとづく沈黙もその表出の一面と考えていいかもしれない。

次に放射線による得体の知れない不安の表出という側面がある。傷ひとつ負わなかったひとが歯茎から血を流し、毛髪が抜けて、亡くなる。生き残った人々も放射線障害への不安を生涯にわたって抱えこむことになるばかりか、子どもたちや次世代に受け継がれていくのではないか、といった不安にもつながっていく。

さらに、死者たちへの渦巻くさまざまな思いの表出という側面もあるだろう。多くの被爆者の証言に追悼や慰霊など死者への厳かな悲しみをうかがうことができる。親しい人びとの不当な死への怒りはもちろんだが、自分は生き残ってしまったという罪悪感を語る人々も少なくはない。

原民喜や大田洋子の「原爆文学」は、素朴な語りや手記とは一線を画した高度な小説《フィクション》ではあるが、こうした側面はやはりある。

たとえば広島での被爆直後に手帳に記録されることから書きはじめられた原民喜の「夏の花」は、被爆時の惨状と混乱が内面奥深くまで押し寄せてくるさまを読むことができるだろう。

大田洋子の「屍の街」は、「原子爆弾症」や「未知の威力」といった表現で、専門家の意見も引用しながら急性期の放射線障害に蝕まれていく恐怖に関心が向けられはじめているのがわかる。

林京子の場合はどうか。十四歳の動員学徒として長崎で被爆し、その後、上京して結婚、出産を経て被爆から三十年が過ぎた四十代半ばで「祭りの場」でようやく世に知られることになる林京子にとって、被爆のその時のさまざまな混乱はすでに記憶としてあり、「被爆の現在《リアル》」は放射線による健康不安や、子どもへの影響への不安であり、亡くなった人々へのさだまることのない思いではなかったか。

　本書に収録された「道」においても「やすらかに今はねむり給え」でも、「私」は死者たちへの渦巻く思いにより、八月九日に引き戻されていく。「三人の死は八月九日の混沌としたその時に放置されたまま、三十年間、私の内でくすぶって来た」という前出の箇所のしばらくあとに「道」には次のような行もある。

> 　Ｋ先生は、どんな姿で死んだのか。歌い終ると慌ててピアノのかげにかくれてしまうＫ先生は、一人で、死に耐えられる気丈な人ではない。私は、先生の痛みを知りたい。痛みを感じることで、八月九日で跡切れてしまった師との仲を、蘇らせたい。ＴもＫも、Ｎもそれをしなければ、私の内の三人は死んでくれないのだ。

　死者を死者として葬るためには、彼らの死の様相をあきらかにしなければならない。「道」は彼らの死を探っていく経過をそのままたどる。「私」は羽田から飛行機で長崎に向かい、Ｂ29の機長が上空からながめた長崎の街を思う。母校である「Ｎ高女」を訪ね、「昭和二十年八月九日、御国に召されし学徒並びに教職員の原子爆弾による犠牲者名簿」

を閲覧して、三先生の名前を確認する。さらに彼女らの死亡前後の状況を知る元生物教師の「田中先生」に会い、それぞれの死のかたちを聞く。翌日、同級生のきぬ子とともにT先生の墓参りをして、「クレーンのブームの下敷き」になって、「眉間が真二つに割れて」亡くなったとT先生の甥の嫁から聞く。その死は噂のままだった。

私ときぬ子は、並んで坐った。

「先生、こんにちは」口のなかで、私は三十年ぶりの挨拶をした。ただ黙って、手を合せた。本当に先生は死んだのだ、と私は思った。

「道」はT先生の墓にふたりが手を合せるこの場面でひとつの結末を迎えるように思えるが、きぬ子の「うちは、見たっさ」という一言でふたたびゆらぎはじめる。「光の中に立つT先生の眉間を、一きわ光ったオレンジ色の光線が、鉈のように鋭く、切りつけた。」T先生の眉間はクレーンで割られたのではないときぬ子は言うのだ。オレンジ色の閃光を「私」は街の雑音のなかに見る。原子力船むつの佐世保港の母港化が騒がれた被爆から三十年後の世界に、である。「光は渾然と混りあって、師走の街を急ぐ主婦たちの足もとに淀んでいた。」

T先生の死の真相を宙ぶらりんにするこの結末はいったいなにを意味するのか。

大森荘蔵は『時間と自我』（青土社）において、過去とは、「不定形《アモルファス》な経験」が「〜した」という言葉に成ることであり、それは「過去形の経験」として想起することでもあるという。

しかし、過去形の経験は想起されることがなければ全くの「無」なのである。その無は忘却の空白として誰にも親しいものである。その空白から想い出そうと様々な言葉を探し、選び、試みる。ああではなかった、こうでもなかった、と何度かしくじった後で遂に一つの文章や物語が想い出される。

「過去を想い出す」とき、そこで問われるのは言語表現の適否ではなく、その言葉通りの経験をしたかどうか、真誤の判定であるという。「うちは、見たっさ」という一言でゆれはじめる「道」だけでなく、林京子の多くの小説は、ああでもなかった、こうでもなかったと「被爆した」という過去形のあいまいな経験の真誤を求めて、終わりなく言葉にしていく試みにほかならない。

「やすらかに今はねむり給え」の構成も「道」と根本は似ている。「N高等女学校報国隊」の名簿に添えられた一枚の報告書へのI先生の「こんな報告書ってありますか」という怒りが発端だ。報告書の「その五、"学校長が隊員に対して出動又は協力に関する命令を出した年月日〟」「その六、〝出動又は協力を解除された日〟」が「不明」とされていることにI先生はいらだったのだ。

高女らがいつからいつまで学徒動員されていたのか、調べればすぐにわかる。それがなおざりにされているのは、死者となった友人たちをなおざりにすることではないか。

「私」は、学徒動員について工場に出向した女性教師、無田先生の工場日記と、友人、妙子の日記をもとに「不明」の時を明らかにしていく。

三菱兵器大橋工場での入所式の様子から始まり、動員女学生として労働と学徒の心構えを教育された練成の様子、身体検査、七高の学生へのほのかな恋慕、紙屑再生の仕事などなどこまごまとした「不明」の時であった戦時下の日常が想起されていく。「大豆粕の主食に、炒り大豆を荒噛みして、連日のように下痢を起こしながら、塵にも雑菌にも、肉体は冒されない。二十九キロの骨身は時代に適応して、図太く成長していた。」「無節操に順応していく肉体が、私はうらめしかった。」

あきらかになるのは抑圧されるなかでも成長していこうとする若い肉体の放つエロスであり、「高校生にとって蛮カラは素養である」と主張する七高生との交流のなかで「急速に、知的に、大人に成長していった」純粋な心であり、不衛生な紙屑再生の業務のために軍手の支給を要求するささやかな反抗の精神である。「三人の頭上に君臨して、み国をかさに立ちはだかっていた副長の骨太い体が、少し揺いだように思えた」というのはなんとも痛快ではないか。
八月九日にむかって工場日記の記述を追いながら、作家は沖縄の学徒の記録をつきあわせてみる。六月二十五日、学徒隊二度目の結成式を行っていた時、沖縄では中学生、女学生が戦争終結の戦場にそのまま放り出されていたのだ。

軍隊という組織のなかで行動を強いられ、集団であることで身を守ってきた十四、五歳の少年たちが、戦場に一人おかれる。靴下一杯の米を片手に、もう一方に手榴弾をもたされた少年たちは、腐臭のこもる故郷に、立ちすくむのである。

「やすらかに今はねむり給え」は、長崎や沖縄をはじめ戦争のなかで空しく滅んでいった若いいのち、伸びていく心、純粋な精神のすべてに捧げられた鎮魂の祈りでもある。彼らの死を知ろうとすることは、結局、彼らを死に至らせた戦争とはなんだったのか、そう問うことにもなる。
八月九日の「不定形《アモルファス》な経験」が言葉に成るにあたり、林京子は選ばれた作家なのだ。被爆の経験がない者が書く「原爆」や「核」をテーマとする原爆文学とはそこに決定的なちがいがある。林京子は作家としての自由をあらかじめ奪われている。

「やすらかに今はねむり給え」も「道」も一度読み通しただけで閉じてしまうのではなく、頁をもどり、硬質な、淡々とした文章の行間からもれてくる嘆きやため息を読み返してみるといい。小説の味わいがひときわ深く沁みてくるはずだ。それは原子爆弾による被爆という未曾有の経験を、人間の経験として言語化しようとする長く粘り強い試みを、ゆっくりと嚙みしめてみることにほかならない。

年譜

林京子

一九三〇年（昭和五年）
八月二八日、父・宮崎宮治と母・小枝《さえ》の三女として、長崎県長崎市東山手町に生まれる。下に妹の四人姉妹。

一九三一年（昭和六年）　一歳
父が三井物産の石炭部勤務だった関係で、一家で赴任先の上海市密勒路二八一弄一二号に移住した。

一九三二年（昭和七年）　二歳
第一次上海事変勃発によって、長崎の祖母のもとへ一時帰国する。

一九三七年（昭和一二年）　七歳
上海居留団立中部日本尋常小学校に入学。七月、日中戦争によって長崎に一時帰国する。

一九四一年（昭和一六年）　一一歳
一二月八日、上海にて大東亜戦争開戦に遭遇する。小学校五年に在学中であった。

一九四三年（昭和一八年）　一三歳
四月、上海居留団立上海第一高等女学校に入学。

一九四五年（昭和二〇年）　一五歳
二月末、父を上海に残し、母と娘たちで帰国。京子は県立長崎高等女学校に編入し、市内十人町に下宿した。母とほかの姉妹は、長崎県諫早市に疎開。五月より三菱兵器大橋工場に動員される。八月九日、同工場で勤務中に被爆。爆心地から一・四キロの地点であった。多くの学友が亡くなる中、命を取りとめるが、以後、原爆症による衰弱に悩む。同月一三日に迎えにきた母に連れられて徒歩で、同月諫早の疎開地に赴く。同月一五日、終戦。

一九四六年（昭和二一年）一六歳

一月、京子被爆の報を受けて父が帰国。その途上で引き揚げ船が機雷に接触する事故にあい、財産を失った。一二月、前年に出たGHQの財閥解体の覚書に従い、父の勤務先であった三井物産佐世保支店は閉鎖され、父が解雇された。

一九四七年（昭和二二年）一七歳

長崎高等女学校卒業。父にかわって母が家政婦などをして生計を支えた。

一九五〇年（昭和二五年）二〇歳

京都市伏見区に下宿して、大阪にあった中国資料研究所に勤務した。

一九五一年（昭和二六年）二一歳

結婚を機に上京し、杉並区荻窪に住む。

一九五三年（昭和二八年）二三歳

三月、長男が生まれる。健常児であったが、出産をきっかけに、原爆症の遺伝など、被爆の世代間連鎖の問題に向き合うこととなる。

一九五四年（昭和二九年）二四歳

横浜市篠原町に転居した。

一九六二年（昭和三七年）三二歳

逗子市新宿に転居する。

「文芸首都」の同人となり、小野京の筆名で小説を執筆しはじめる。同時期の同人に中上健次や勝目梓らがいた。以後、昭和四四年の同誌廃刊までに七編の小説と三編の随筆を発表した。

一九六八年（昭和四三年）三八歳

逗子市沼間に転居。昭和五四年に高速道路建設のために立ちのきを迫られるまで、同地に暮らす。

一九七〇年（昭和四五年）四〇歳

父が享年七一歳で逝去。

一九七四年（昭和四九年）　四四歳

離婚。「食糧タイムズ」に以後一年半にわたり勤務する。

一九七五年（昭和五〇年）　四五歳

四月、「祭りの場」で群像新人文学賞を受賞し、六月、同誌に掲載される。「せめて人は人らしく死にたい、と願いながら」「夢の底でうごめいている少女たちの、そして私の墓標のつもりで書いた」（「受賞のことば」）。七月、同作品で第七三回芥川龍之介賞を受賞。「戦後三十年の被爆者の苦悩の現実性の上に、この作品の人を打つ力は築かれているのである」（大岡昇平「芥川賞選評」）。八月、『祭りの場』を講談社より刊行。九月、野呂邦暢との対談「昭和二十年八月九日――原爆体験と文学」（「文學界」）を発表。その中で、文体について「新聞記事のように淡々とした文体で書けたら一番わかってもらえるし、伝えられるんじゃないか、そうして自分もひっこめられるんじゃないか、ということで書いたんです」と発言する。

一九七七年（昭和五二年）　四七歳

二月、「家」（「文學界」）を発表。三月から翌年二月にかけて短編一二を連ねる形で「ギヤマン　ビードロ」（「群像」）を連載。「八月九日の、より総体的な人間の不幸を書くには、モザイク細工のように、とりどりの色あいの個を、八月九日にはめ込んでいくより方法はない」（「上海と八月九日」）との思いがあった。九月、「同期会」（「文學界」）を発表。

一九七八年（昭和五三年）　四八歳

五月、『ギヤマン　ビードロ』（講談社）を刊行。同作品で芸術選奨新人賞の内示を受けるが、「被爆者であるから、国家の賞は受けられない」という理由で辞退する。八月、「煙」（「群像」）、「昭和二十年の夏」（「文學界」）を発表。

一九七九年（昭和五四年）四九歳

一月から一一月にかけて、「老太婆の路地」を皮切りに、隔月で上海体験を綴った短編連作を「海」に連載。一二月、「映写幕」（「婦人公論」）を発表。

一九八〇年（昭和五五年）五〇歳

一月から一二月にかけて、「無きが如き」（「群像」）を連載。二月、『ミッシェルの口紅』（中央公論社）を刊行。一〇月、「生き残った私たち」（「文學界」）、「釈明」（「別冊婦人公論」）を発表。

一九八一年（昭和五六年）五一歳

三月、「上海と八月九日」が『叢書・文化の現在4　中心と周縁』（岩波書店）に収録される。四月、「谷間の家」（「文學界」）を発表。五月、「潮」の取材で広島を訪ねる。六月、『無きが如き』（講談社）を刊行。八月、『自然を恋う』（中央公論社）を刊行し、戦後最初の上海旅行（六日間のパック・ツアー）をする。

一九八二年（昭和五七年）五二歳

一月、中野孝次らが呼びかけ人となり五六二名の署名を集めた「核戦争の危機を訴える文学者の声明」に賛同し、署名する。同月、「無事――西暦一九八一年・原爆三七年」（「群像」）を発表。五月、「すり替え論流行りの時代に」（「世界」）を発表。六月から翌年三月にかけて、「上海」（「海」）を連載する。

一九八三年（昭和五八年）五三歳

五月、『上海』（中央公論社）を刊行し、同作品で女流文学賞受賞。「嘗ての上海の近かった面と今日の大きく変革された上海の遠い面とを自分の念いのうちで離反させたくない〈私〉の意思的情熱など、上海に対する愛と、〈私〉にとっての上海のもつ多様な意味の深さが、読む者を衝つ」（河野多恵子「女流文学賞―選評」）。九月、『日本の原爆文学3　林京子』（ほるぷ出版）を刊行。一〇月、「三界の家」（「新潮」）を発表。
一九八四年（昭和五九年）　五四歳
一月、戯曲「晴れた日に」（「すばる」）を発表。七月、「雨名月」（「新潮」）を発表。一一月、「星月夜」（「文學界」）を発表。同月、『三界の家』（新潮社）を刊行。同月、第一一回川端康成文学賞を受賞。
一九八五年（昭和六〇年）　五五歳
五月、『道』（文藝春秋）を刊行。同月、「残照」（「文學界」）を発表。六月、子息のワシントン駐在に随行して、アメリカ合衆国ヴァージニア州に転居する。ここで、一〇月、初孫が誕生。
一九八六年（昭和六一年）　五六歳
一月、「谷間」（「群像」）を発表。七月、「生存者たち」（「すばる」）を発表。一〇月、「蕗を煮る」（「群像」）を発表。「戦争花嫁」として暮らす在米日本女性たちから話を聞くなど、アメリカ各地を精力的に訪問した。
一九八七年（昭和六二年）　五七歳
七月、「二月の雪」（「群像」）を発表。一〇月、「雛人形」（「群像」）を発表。
一九八八年（昭和六三年）　五八歳
一月、『谷間』（講談社）を刊行。四月、「眠る人びと」（「群像」）を発表。五月、『ヴァージニアの蒼い空』（中央公論社）を刊行。六月、アメリカより帰国する。一〇月、「遠景」（「群像」）を発表。
一九八九年（平成元年）　五九歳
二月、『輪舞』（新潮社）を刊行。四月、「See you ヤング・チャ」（「新潮」）を発表。五月、『ドッグウッドの花咲く町』（影書房）を刊行。七月、「亜熱帯」（「新潮」）を発表。
一九九〇年（平成二年）　六〇歳
二月、「やすらかに今はねむり給え」（「群像」）を発表し、五月に同作品で第二六回谷崎潤一郎賞を受賞。六月、同作品を講談社より刊行。七月、「ひとり占い」（「新潮」）を発表。八月、「河へ」(「文學界」)を発表。

一九九一年(平成三年)　六一歳

一月、「感謝祭まで」(「群像」)を発表。二月、五島列島に旅行する。三月、「ローズの帰国」(「中央公論―文芸特集」)を発表。七月、「芝居見物」(「文學界」)を発表。九月、「アイ ノウ イッツ」(「中央公論―文芸特集」)を発表。同月、母が享年八九歳で逝去。

一九九二年(平成四年)　六二歳

一月、「溶岩」(「新潮」)を発表。八月、『瞬間の記憶』(新日本出版社)を刊行。一二月、「九月の太陽」(「新潮」)を発表。

一九九三年(平成五年)　六三歳

三月、「小雨に烟るキャプテン・クックの通り」(「中央公論―文芸特集」)を発表。九月、「還暦の花嫁」(「中央公論―文芸特集」)を発表。

一九九四年(平成六年)　六四歳

一月、「ご先祖さま」(「群像」)を発表。二月、『青春』(新潮社)を刊行。三月、「おばんざい」(「中央公論―文芸特集」)を発表。九月、「旅行」(「中央公論―文芸特集」)、「まち」(「群像」)を発表。

一九九五年(平成七年)　六五歳

五月、『老いた子が老いた親をみる時代』(講談社)を刊行。一〇月、「五〇年は平和の一節」(「中央公論」)を発表。同月七日、戯曲「フォアグラと公僕」がNHK／FMでラジオドラマとして放送され、同ドラマが芸術作品賞を受賞する。

一九九六年(平成八年)　六六歳

三月、「フォアグラと公僕」(「群像」)を発表。五月、『樫の木のテーブル』(中央公論社)刊行。八月、「玩具箱」(「新潮」)を発表。夏、戦後二度目の上海旅行をする。自身の親しんだ黄浦江を遊覧すると同時に、芥川龍之介の『支那游記』にも思いを馳せた(「上海の旅で」、八月七日、読売新聞)。一〇月、『おさきに』（講談社）を刊行。

一九九七年（平成九年）　六七歳

一月、「夫人の部屋」（「文學界」）を発表。七月、「仮面」（「群像」）を発表。八月、「ブルースアレイ」（「文學界」）を発表。

一九九八年（平成一〇年）　六八歳

一月、「チチへの挽歌」（「文學界」）を発表。一〇月、「思うゆえに」（「新潮」）を発表。一一月、『予定時間』（講談社）を刊行。

一九九九年（平成一一年）　六九歳

人類初の原爆実験が行われた、アメリカ合衆国ニューメキシコ州の「トリニティ・サイト」を訪問する。一〇月、「長い時間をかけた人間の経験」（「群像」）を発表。一一月、「夏菊」（「新潮」）を発表。

二〇〇〇年（平成一二年）　七〇歳

九月、『長い時間をかけた人間の経験』（講談社）を刊行。一一月、同作品で第五三回野間文芸賞受賞。「二十五年次々と書いていくうちに視野が広がり、友人たちのあわれさや涙の中にあるものが人間全体の命の問題だと考えるようになりました」（受賞の記者会見でのことば）。

二〇〇一年（平成一三年）　七一歳

一月、講談社文芸文庫『上海・ミッシェルの口紅　林京子中国小説集』刊行される。一一月、「芸術至上主義文芸」（二七号）で「特集・林京子の世界」組まれる。そこに講演「八月九日からトリニティまで」と「鼎談・林京子さんを囲んで」掲載される。

二〇〇四年（平成一六年）　七四歳

二月、肥田舜太郎『ヒロシマを生きのびて――被爆医師の戦後史――』（あけび書房）に「寄稿・肥田舜太郎先生のこと」を執筆する。

二〇〇五年（平成一七年）　七五歳

一月、「群像」に短編小説「幸せな日日」を発表。三月、『希望』（講談社）刊行。六月、『林京子全集』全八巻（日本図書センター）を刊行。
二〇〇六年（平成一八年）　七六歳
一月、『林京子全集』にいたる文学活動の業績で、朝日賞を受賞。
二〇一一年（平成二三年）　八一歳
七月、『被爆を生きて　作品と生涯を語る』（岩波ブックレット）を刊行。
二〇一二年（平成二四年）　八二歳
八月、講談社文芸文庫『希望』を刊行。
二〇一三年（平成二五年）　八三歳
四月、「再びルイへ。」（「群像」）を発表。
二〇一六年（平成二八年）　八五歳
二月、講談社文芸文庫スタンダード『やすらかに今はねむり給え／道』を刊行。

（金井景子編）

著書目録

林京子

【単行本】

祭りの場　昭50・8　講談社
ギヤマン　ビードロ　昭53・5　講談社
ミッシェルの口紅　昭55・2　中央公論社
無きが如き　昭56・6　講談社
自然を恋う　昭56・8　中央公論社
上海　昭58・5　中央公論社
三界の家　昭59・11　新潮社
道　昭60・5　文藝春秋
谷間　昭63・1　講談社
ヴァージニアの蒼い空　昭63・5　中央公論社
輪舞　平1・2　新潮社
ドッグウッドの花咲く町　平1・5　影書房
やすらかに今はねむり給え　平2・6　講談社
瞬間の記憶　平4・8　新日本出版社
青春　平6・2　新潮社
老いた子が老いた親をみる時代　平7・5　講談社
樫の木のテーブル　平8・5　中央公論社
おさきに　平8・10　講談社
予定時間　平10・11　講談社
長い時間をかけた人間の経験　平12・9　講談社
希望　平17・3　講談社

被爆を生きて　作品と生涯を語る　平23・7　岩波書店
ヒロシマ・ナガサキからフクシマへ　「核」時代を考える（黒古一夫　編）　平23・12　勉誠出版

【全集】
林京子全集　全8巻　平17・6　日本図書センター
日本の原爆文学3　昭58　ほるぷ出版
芥川賞全集10　昭57　文藝春秋
女性作家シリーズ15　平11　角川書店
ヒロシマ・ナガサキ（コレクション戦争×文学19）　平23　集英社

【文庫】
祭りの場・ギヤマン　ビードロ（解＝川西政明　案＝金井景子　著）　昭63　文芸文庫
上海・ミッシェルの口紅（解＝川西政明　年＝金井景子　著）　平13　文芸文庫
長い時間をかけた人間の経験（解＝川西政明　年＝金井景子　著）　平17　文芸文庫
希望（解＝外岡秀俊　年＝金井景子　著）　平24　文芸文庫
やすらかに今はねむり給え・道（解＝青来有一　年＝金井景子　著）　平28　文芸文庫

（作成・金井景子）

「著書目録」は著者の校閲を経た。／【文庫】の（　）内の略号は、解＝解説　案＝作家案内　年＝年譜　著＝著書目録を示す。

本書は、『やすらかに今はねむり給え』（一九九〇年六月小社刊）及び『道』（一九八五年五月文藝春秋刊）を底本として、一九九三年七月に講談社文芸文庫として刊行された『やすらかに今はねむり給え／道』に新たな解説を加えた新装版です。

やすらかに今《いま》はねむり給《たま》え／道《みち》

林《はやし》 京子《きょうこ》

二〇一六年二月一〇日第一刷発行
二〇二二年七月五日第二刷発行

発行者——鈴木章一
発行所——株式会社 講談社
東京都文京区音羽2・12・21 〒112-8001
電話 編集（03）5395・3513
販売（03）5395・5817
業務（03）5395・3615

デザイン—菊地信義
印刷——株式会社KPSプロダクツ
製本——株式会社国宝社
本文データ制作—講談社デジタル製作

定価はカバーに表示してあります。

講談社文芸文庫

ISBN978-4-06-290302-8

講談社文芸文庫

青木淳選—建築文学傑作選　青木淳——解
青山二郎—眼の哲学|利休伝ノート　森孝——人／森孝——年
阿川弘之—舷燈　岡田睦——解／進藤純孝—案
阿川弘之—鮎の宿　岡田睦——年
阿川弘之—論語知らずの論語読み　高島俊男—解／岡田睦——年
阿川弘之—亡き母や　小山鉄郎—解／岡田睦——年
秋山駿——小林秀雄と中原中也　井口時男—解／著者他——年
芥川龍之介-上海游記|江南游記　伊藤桂一—解／藤本寿彦—年
芥川龍之介 谷崎潤一郎-文芸的な、余りに文芸的な|饒舌録ほか 芥川vs.谷崎論争　千葉俊二編　千葉俊二—解
安部公房—砂漠の思想　沼野充義—人／谷真介——年
安部公房—終りし道の標べに　リービ英雄-解／谷真介——案
安部ヨリミ-スフィンクスは笑う　三浦雅士—解
有吉佐和子-地唄|三婆 有吉佐和子作品集　宮内淳子—解／宮内淳子—年
有吉佐和子-有田川　半田美永—解／宮内淳子—年
安藤礼二—光の曼陀羅 日本文学論　大江健三郎賞選評-解／著者——年
李良枝——由熙|ナビ・タリョン　渡部直己—解／編集部——年
石川淳——紫苑物語　立石伯——解／鈴木貞美—案
石川淳——黄金伝説|雪のイヴ　立石伯——解／日高昭二—案
石川淳——普賢|佳人　立石伯——解／石和鷹——案
石川淳——焼跡のイエス|善財　立石伯——解／立石伯——年
石川啄木—雲は天才である　関川夏央—解／佐藤清文—年
石坂洋次郎-乳母車|最後の女 石坂洋次郎傑作短編選　三浦雅士—解／森英——年
石原吉郎—石原吉郎詩文集　佐々木幹郎-解／小柳玲子—年
石牟礼道子-妣たちの国 石牟礼道子詩歌文集　伊藤比呂美-解／渡辺京二—年
石牟礼道子-西南役伝説　赤坂憲雄—解／渡辺京二—年
磯﨑憲一郎-鳥獣戯画|我が人生最悪の時　乗代雄介—解／著者——年
伊藤桂一—静かなノモンハン　勝又浩——解／久米勲——年
伊藤痴遊—隠れたる事実 明治裏面史　木村洋——解
稲垣足穂—稲垣足穂詩文集　高橋孝次—解／高橋孝次—年
井上ひさし-京伝店の烟草入れ 井上ひさし江戸小説集　野口武彦—解／渡辺昭夫—年
井上靖——補陀落渡海記 井上靖短篇名作集　曾根博義—解／曾根博義—年
井上靖——本覚坊遺文　高橋英夫—解／曾根博義—年
井上靖——崑崙の玉|漂流 井上靖歴史小説傑作選　島内景二—解／曾根博義—年

井伏鱒二	還暦の鯉	庄野潤三——人／松本武夫——年
井伏鱒二	厄除け詩集	河盛好蔵——人／松本武夫——年
井伏鱒二	夜ふけと梅の花｜山椒魚	秋山 駿——解／松本武夫——年
井伏鱒二	鞆ノ津茶会記	加藤典洋——解／寺横武夫——年
井伏鱒二	釣師・釣場	夢枕 獏——解／寺横武夫——年
色川武大	生家へ	平岡篤頼——解／著者——年
色川武大	狂人日記	佐伯一麦——解／著者——年
色川武大	小さな部屋｜明日泣く	内藤 誠——解／著者——年
岩阪恵子	木山さん、捷平さん	蜂飼 耳——解／著者——年
内田百閒	百閒随筆 II 池内紀編	池内 紀——解／佐藤 聖——年
内田百閒	［ワイド版］百閒随筆 I 池内紀編	池内 紀——解
宇野浩二	思い川｜枯木のある風景｜蔵の中	水上 勉——解／柳沢孝子——案
梅崎春生	桜島｜日の果て｜幻化	川村 湊——解／古林 尚——案
梅崎春生	ボロ家の春秋	菅野昭正——解／編集部——年
梅崎春生	狂い凧	戸塚麻子——解／編集部——年
梅崎春生	悪酒の時代 猫のことなど —梅崎春生随筆集—	外岡秀俊——解／編集部——年
江藤 淳	成熟と喪失 —“母”の崩壊—	上野千鶴子—解／平岡敏夫——案
江藤 淳	考えるよろこび	田中和生——解／武藤康史——年
江藤 淳	旅の話・犬の夢	富岡幸一郎—解／武藤康史——年
江藤 淳	海舟余波 わが読史余滴	武藤康史——解／武藤康史——年
江藤 淳 蓮實重彥	オールド・ファッション 普通の会話	高橋源一郎—解
遠藤周作	青い小さな葡萄	上総英郎——解／古屋健三——案
遠藤周作	白い人｜黄色い人	若林 真——解／広石廉二——年
遠藤周作	遠藤周作短篇名作選	加藤宗哉——解／加藤宗哉——年
遠藤周作	『深い河』創作日記	加藤宗哉——解／加藤宗哉——年
遠藤周作	［ワイド版］哀歌	上総英郎——解／高山鉄男——案
大江健三郎	万延元年のフットボール	加藤典洋——解／古林 尚——案
大江健三郎	叫び声	新井敏記——解／井口時男——案
大江健三郎	みずから我が涙をぬぐいたまう日	渡辺広士——解／高田知波——案
大江健三郎	懐かしい年への手紙	小森陽一——解／黒古一夫——案
大江健三郎	静かな生活	伊丹十三——解／栗坪良樹——案
大江健三郎	僕が本当に若かった頃	井口時男——解／中島国彦——案
大江健三郎	新しい人よ眼ざめよ	リービ英雄—解／編集部——年

大岡昇平 ―中原中也	粟津則雄―解／佐々木幹郎―案
大岡昇平 ―花影	小谷野 敦―解／吉田凞生―年
大岡 信 ―私の万葉集一	東 直子―解
大岡 信 ―私の万葉集二	丸谷才一―解
大岡 信 ―私の万葉集三	嵐山光三郎―解
大岡 信 ―私の万葉集四	正岡子規―附
大岡 信 ―私の万葉集五	高橋順子―解
大岡 信 ―現代詩試論｜詩人の設計図	三浦雅士―解
大澤真幸 ―〈自由〉の条件	
大澤真幸 ―〈世界史〉の哲学 1　古代篇	山本貴光―解
大原富枝 ―婉という女｜正妻	高橋英夫―解／福江泰太―年
岡田 睦 ―明日なき身	富岡幸一郎―解／編集部―年
岡本かの子 ―食魔 岡本かの子食文学傑作選 大久保喬樹編	大久保喬樹―解／小松邦宏―年
岡本太郎 ―原色の呪文 現代の芸術精神	安藤礼二―解／岡本太郎記念館―年
小川国夫 ―アポロンの島	森川達也―解／山本恵一郎―年
小川国夫 ―試みの岸	長谷川郁夫―解／山本恵一郎―年
奥泉 光 ―石の来歴｜浪漫的な行軍の記録	前田 塁―解／著者―年
奥泉 光 群像編集部 編 ―戦後文学を読む	
大佛次郎 ―旅の誘い 大佛次郎随筆集	福島行一―解／福島行一―年
織田作之助 ―夫婦善哉	種村季弘―解／矢島道弘―年
織田作之助 ―世相｜競馬	稲垣眞美―解／矢島道弘―年
小田 実 ―オモニ太平記	金 石範―解／編集部―年
小沼 丹 ―懐中時計	秋山 駿―解／中村 明―案
小沼 丹 ―小さな手袋	中村 明―人／中村 明―年
小沼 丹 ―村のエトランジェ	長谷川郁夫―解／中村 明―年
小沼 丹 ―珈琲挽き	清水良典―解／中村 明―年
小沼 丹 ―木菟燈籠	堀江敏幸―解／中村 明―年
小沼 丹 ―藁屋根	佐々木 敦―解／中村 明―年
折口信夫 ―折口信夫文芸論集 安藤礼二編	安藤礼二―解／著者―年
折口信夫 ―折口信夫天皇論集 安藤礼二編	安藤礼二―解
折口信夫 ―折口信夫芸能論集 安藤礼二編	安藤礼二―解
折口信夫 ―折口信夫対話集 安藤礼二編	安藤礼二―解／著者―年
加賀乙彦 ―帰らざる夏	リービ英雄―解／金子昌夫―案

講談社文芸文庫

葛西善蔵	哀しき父|椎の若葉	水上 勉——解／鎌田 慧——案
葛西善蔵	贋物|父の葬式	鎌田 慧——解
加藤典洋	アメリカの影	田中和生——解／著者——年
加藤典洋	戦後的思考	東 浩紀——解／著者——年
加藤典洋	完本 太宰と井伏 ふたつの戦後	與那覇 潤——解／著者——年
加藤典洋	テクストから遠く離れて	高橋源一郎-解／著者・編集部-年
加藤典洋	村上春樹の世界	マイケル・エメリック-解
金井美恵子	愛の生活|森のメリュジーヌ	芳川泰久——解／武藤康史——年
金井美恵子	ピクニック、その他の短篇	堀江敏幸——解／武藤康史——年
金井美恵子	砂の粒|孤独な場所で 金井美恵子自選短篇集	磯﨑憲一郎-解／前田晃一——年
金井美恵子	恋人たち|降誕祭の夜 金井美恵子自選短篇集	中原昌也——解／前田晃一——年
金井美恵子	エオンタ|自然の子供 金井美恵子自選短篇集	野田康文——解／前田晃一——年
金子光晴	絶望の精神史	伊藤信吉——人／中島可一郎-年
金子光晴	詩集「三人」	原 満三寿——解／編集部——年
鏑木清方	紫陽花舎随筆 山田肇選	鏑木清方記念美術館-年
嘉村礒多	業苦|崖の下	秋山 駿——解／太田静一——年
柄谷行人	意味という病	絓 秀実——解／曾根博義——案
柄谷行人	畏怖する人間	井口時男——解／三浦雅士——案
柄谷行人編	近代日本の批評 Ⅰ 昭和篇上	
柄谷行人編	近代日本の批評 Ⅱ 昭和篇下	
柄谷行人編	近代日本の批評 Ⅲ 明治・大正篇	
柄谷行人	坂口安吾と中上健次	井口時男——解／関井光男——年
柄谷行人	日本近代文学の起源 原本	関井光男——年
柄谷行人 中上健次	柄谷行人中上健次全対話	高澤秀次——解
柄谷行人	反文学論	池田雄一——解／関井光男——年
柄谷行人 蓮實重彥	柄谷行人蓮實重彥全対話	
柄谷行人	柄谷行人インタヴューズ1977-2001	
柄谷行人	柄谷行人インタヴューズ2002-2013	丸川哲史——解／関井光男——年
柄谷行人	[ワイド版]意味という病	絓 秀実——解／曾根博義——案
柄谷行人	内省と遡行	
柄谷行人 浅田彰	柄谷行人浅田彰全対話	

柄谷行人──柄谷行人対話篇Ⅰ 1970-83	
柄谷行人──柄谷行人対話篇Ⅱ 1984-88	
河井寛次郎-火の誓い	河井須也子─人／鷺 珠江──年
河井寛次郎-蝶が飛ぶ 葉っぱが飛ぶ	河井須也子─解／鷺 珠江──年
川喜田半泥子-随筆 泥仏堂日録	森 孝───解／森 孝───年
川崎長太郎-抹香町|路傍	秋山 駿──解／保昌正夫──年
川崎長太郎-鳳仙花	川村二郎──解／保昌正夫──年
川崎長太郎-老残|死に近く 川崎長太郎老境小説集	いしいしんじ-解／齋藤秀昭──年
川崎長太郎-泡|裸木 川崎長太郎花街小説集	齋藤秀昭──解／齋藤秀昭──年
川崎長太郎-ひかげの宿|山桜 川崎長太郎「抹香町」小説集	齋藤秀昭──解／齋藤秀昭──年
川端康成──一草一花	勝又 浩──人／川端香男里-年
川端康成──水晶幻想|禽獣	高橋英夫──解／羽鳥徹哉──案
川端康成──反橋|しぐれ|たまゆら	竹西寛子──解／原 善───案
川端康成──たんぽぽ	秋山 駿──解／近藤裕子──案
川端康成──浅草紅団|浅草祭	増田みず子-解／栗坪良樹──案
川端康成──文芸時評	羽鳥徹哉──解／川端香男里-年
川端康成──非常|寒風|雪国抄 川端康成傑作短篇再発見	富岡幸一郎-解／川端香男里-年
上林 暁──聖ヨハネ病院にて|大懺悔	富岡幸一郎-解／津久井 隆─年
木下杢太郎-木下杢太郎随筆集	岩阪恵子──解／柿谷浩──年
木山捷平──氏神さま|春雨|耳学問	岩阪恵子──解／保昌正夫──案
木山捷平──鳴るは風鈴 木山捷平ユーモア小説選	坪内祐三──解／編集部───年
木山捷平──落葉|回転窓 木山捷平純情小説選	岩阪恵子──解／編集部───年
木山捷平──新編 日本の旅あちこち	岡崎武志──解
木山捷平──酔いざめ日記	
木山捷平──[ワイド版]長春五馬路	蜂飼 耳──解／編集部───年
清岡卓行──アカシヤの大連	宇佐美 斉─解／馬渡憲三郎-案
久坂葉子──幾度目かの最期 久坂葉子作品集	久坂部 羊─解／久米 勲──年
窪川鶴次郎-東京の散歩道	勝又 浩──解
倉橋由美子-蛇|愛の陰画	小池真理子-解／古屋美登里-年
黒井千次──たまらん坂 武蔵野短篇集	辻井 喬──解／篠崎美生子-年
黒井千次選-「内向の世代」初期作品アンソロジー	
黒島伝治──橇|豚群	勝又 浩──人／戎居士郎──年
群像編集部編-群像短篇名作選 1946～1969	
群像編集部編-群像短篇名作選 1970～1999	

群像編集部編-群像短篇名作選 2000～2014
幸田文——ちぎれ雲　中沢けい——人／藤本寿彦——年
幸田文——番茶菓子　勝又浩——人／藤本寿彦——年
幸田文——包む　荒川洋治——人／藤本寿彦——年
幸田文——草の花　池内紀——人／藤本寿彦——年
幸田文——猿のこしかけ　小林裕子——解／藤本寿彦——年
幸田文——回転どあ|東京と大阪と　藤本寿彦——解／藤本寿彦——年
幸田文——さざなみの日記　村松友視——解／藤本寿彦——年
幸田文——黒い裾　出久根達郎-解／藤本寿彦——年
幸田文——北愁　群ようこ——解／藤本寿彦——年
幸田文——男　山本ふみこ-解／藤本寿彦——年
幸田露伴——運命|幽情記　川村二郎——解／登尾豊——案
幸田露伴——芭蕉入門　小澤實——解
幸田露伴——蒲生氏郷|武田信玄|今川義元　西川貴子——解／藤本寿彦——年
幸田露伴——珍饌会 露伴の食　南條竹則——解／藤本寿彦——年
講談社編——東京オリンピック 文学者の見た世紀の祭典　高橋源一郎-解
講談社文芸文庫編-第三の新人名作選　富岡幸一郎-解
講談社文芸文庫編-大東京繁昌記 下町篇　川本三郎——解
講談社文芸文庫編-大東京繁昌記 山手篇　森まゆみ——解
講談社文芸文庫編-戦争小説短篇名作選　若松英輔——解
講談社文芸文庫編-明治深刻悲惨小説集 齋藤秀昭選　齋藤秀昭——解
講談社文芸文庫編-個人全集月報集 武田百合子全作品・森茉莉全集
小島信夫——抱擁家族　大橋健三郎-解／保昌正夫——案
小島信夫——うるわしき日々　千石英世——解／岡田啓——年
小島信夫——月光|暮坂 小島信夫後期作品集　山崎勉——解／編集部——年
小島信夫——美濃　保坂和志——解／柿谷浩一——年
小島信夫——公園|卒業式 小島信夫初期作品集　佐々木敦——解／柿谷浩一——年
小島信夫——[ワイド版]抱擁家族　大橋健三郎-解／保昌正夫——案
後藤明生——挾み撃ち　武田信明——解／著者——年
後藤明生——首塚の上のアドバルーン　芳川泰久——解／著者——年
小林信彦——[ワイド版]袋小路の休日　坪内祐三——解／著者——年
小林秀雄——栗の樹　秋山駿——人／吉田凞生——年
小林秀雄——小林秀雄対話集　秋山駿——解／吉田凞生——年
小林秀雄——小林秀雄全文芸時評集 上・下　山城むつみ-解／吉田凞生——年

講談社文芸文庫

小林秀雄	[ワイド版]小林秀雄対話集	秋山 駿——解／吉田凞生——年
佐伯一麦	ショート・サーキット 佐伯一麦初期作品集	福田和也——解／二瓶浩明——年
佐伯一麦	日和山 佐伯一麦自選短篇集	阿部公彦——解／著者———年
佐伯一麦	ノルゲ Norge	三浦雅士——解／著者———年
坂口安吾	風と光と二十の私と	川村 湊——解／関井光男——案
坂口安吾	桜の森の満開の下	川村 湊——解／和田博文——案
坂口安吾	日本文化私観 坂口安吾エッセイ選	川村 湊——解／若月忠信——年
坂口安吾	教祖の文学｜不良少年とキリスト 坂口安吾エッセイ選	川村 湊——解／若月忠信——年
阪田寛夫	庄野潤三ノート	富岡幸一郎-解
鷺沢 萠	帰れぬ人びと	川村 湊——解／著者、オフィスめめ-年
佐々木邦	苦心の学友 少年倶楽部名作選	松井和男——解
佐多稲子	私の東京地図	川本三郎——解／佐多稲子研究会-年
佐藤紅緑	ああ玉杯に花うけて 少年倶楽部名作選	紀田順一郎-解
佐藤春夫	わんぱく時代	佐藤洋二郎-解／牛山百合子-年
里見弴	恋ごころ 里見弴短篇集	丸谷才一——解／武藤康史——年
澤田 謙	プリューターク英雄伝	中村伸二——年
椎名麟三	深夜の酒宴｜美しい女	井口時男——解／斎藤末弘——年
島尾敏雄	その夏の今は｜夢の中での日常	吉本隆明——解／紅野敏郎——案
島尾敏雄	はまべのうた｜ロング・ロング・アゴウ	川村 湊——解／柘植光彦——案
島田雅彦	ミイラになるまで 島田雅彦初期短篇集	青山七恵——解／佐藤康智——年
志村ふくみ	一色一生	高橋 巖——人／著者———年
庄野潤三	夕べの雲	阪田寛夫——解／助川徳是——案
庄野潤三	ザボンの花	富岡幸一郎-解／助川徳是——年
庄野潤三	鳥の水浴び	田村 文——解／助川徳是——年
庄野潤三	星に願いを	富岡幸一郎-解／助川徳是——年
庄野潤三	明夫と良二	上坪裕介——解／助川徳是——年
庄野潤三	庭の山の木	中島京子——解／助川徳是——年
庄野潤三	世をへだてて	島田潤一郎-解／助川徳是——年
笙野頼子	幽界森娘異聞	金井美恵子-解／山崎眞紀子-年
笙野頼子	猫道 単身転々小説集	平田俊子——解／山崎眞紀子-年
笙野頼子	海獣｜呼ぶ植物｜夢の死体 初期幻視小説集	菅野昭正——解／山崎眞紀子-年
白洲正子	かくれ里	青柳恵介——人／森 孝一——年
白洲正子	明恵上人	河合隼雄——人／森 孝一——年
白洲正子	十一面観音巡礼	小川光三——人／森 孝一——年

講談社文芸文庫

白洲正子―お能|老木の花　渡辺 保―人／森 孝――年
白洲正子―近江山河抄　前 登志夫―人／森 孝――年
白洲正子―古典の細道　勝又 浩―人／森 孝――年
白洲正子―能の物語　松本 徹―人／森 孝――年
白洲正子―心に残る人々　中沢けい―人／森 孝――年
白洲正子―世阿弥 ―花と幽玄の世界　水原紫苑―人／森 孝――年
白洲正子―謡曲平家物語　水原紫苑―解／森 孝――年
白洲正子―西国巡礼　多田富雄―解／森 孝――年
白洲正子―私の古寺巡礼　高橋睦郎―解／森 孝――年
白洲正子―[ワイド版]古典の細道　勝又 浩―人／森 孝――年
鈴木大拙訳―天界と地獄 スエデンボルグ著　安藤礼二―解／編集部――年
鈴木大拙―スエデンボルグ　安藤礼二―解／編集部――年
曽野綾子―雪あかり 曽野綾子初期作品集　武藤康史―解／武藤康史―年
田岡嶺雲―数奇伝　西田 勝―解／西田 勝―年
高橋源一郎―さようなら、ギャングたち　加藤典洋―解／栗坪良樹―年
高橋源一郎―ジョン・レノン対火星人　内田 樹―解／栗坪良樹―年
高橋源一郎―ゴーストバスターズ 冒険小説　奥泉 光―解／若杉美智子―年
高橋たか子―人形愛|秘儀|甦りの家　富岡幸一郎―解／著者――年
高橋たか子―亡命者　石沢麻依―解／著者――年
高原英理編―深淵と浮遊 現代作家自己ベストセレクション　高原英理―解
高見順――如何なる星の下に　坪内祐三―解／宮内淳子―年
高見順――死の淵より　井坂洋子―解／宮内淳子―年
高見順――わが胸の底のここには　荒川洋治―解／宮内淳子―年
高見沢潤子―兄 小林秀雄との対話 人生について
武田泰淳―蝮のすえ|「愛」のかたち　川西政明―解／立石 伯――案
武田泰淳―司馬遷―史記の世界　宮内 豊―解／古林 尚――年
武田泰淳―風媒花　山城むつみ―解／編集部――年
竹西寛子―贈答のうた　堀江敏幸―解／著者――年
太宰 治――男性作家が選ぶ太宰治　編集部――年
太宰 治――女性作家が選ぶ太宰治
太宰 治――30代作家が選ぶ太宰治　編集部――年
田中英光―空吹く風|暗黒天使と小悪魔|愛と憎しみの傷に 田中英光デカダン作品集 道籏泰三編　道籏泰三―解／道籏泰三―年
谷崎潤一郎―金色の死 谷崎潤一郎大正期短篇集　清水良典―解／千葉俊二―年

種田山頭火－山頭火随筆集　村上 護──解／村上 護──年
田村隆一──腐敗性物質　平出 隆──人／建畠 晢──年
多和田葉子－ゴットハルト鉄道　室井光広──解／谷口幸代──年
多和田葉子－飛魂　沼野充義──解／谷口幸代──年
多和田葉子－かかとを失くして｜三人関係｜文字移植　谷口幸代──解／谷口幸代──年
多和田葉子－変身のためのオピウム｜球形時間　阿部公彦──解／谷口幸代──年
多和田葉子－雲をつかむ話｜ボルドーの義兄　岩川ありさ－解／谷口幸代──年
多和田葉子－ヒナギクのお茶の場合｜海に落とした名前　木村朗子──解／谷口幸代──年
多和田葉子－溶ける街 透ける路　鴻巣友季子－解／谷口幸代──年
近松秋江──黒髪｜別れたる妻に送る手紙　勝又 浩──解／柳沢孝子──案
塚本邦雄──定家百首｜雪月花(抄)　島内景二──解／島内景二──年
塚本邦雄──百句燦燦 現代俳諧頌　橋本 治──解／島内景二──年
塚本邦雄──王朝百首　橋本 治──解／島内景二──年
塚本邦雄──西行百首　島内景二──解／島内景二──年
塚本邦雄──秀吟百趣　島内景二──解
塚本邦雄──珠玉百歌仙　島内景二──解
塚本邦雄──新撰 小倉百人一首　島内景二──解
塚本邦雄──詞華美術館　島内景二──解
塚本邦雄──百花遊歴　島内景二──解
塚本邦雄──茂吉秀歌『赤光』百首　島内景二──解
塚本邦雄──新古今の惑星群　島内景二──解／島内景二──年
つげ義春──つげ義春日記　松田哲夫──解
辻 邦生───黄金の時刻の滴り　中条省平──解／井上明久──年
津島美知子－回想の太宰治　伊藤比呂美－解／編集部───年
津島佑子──光の領分　川村 湊──解／柳沢孝子──案
津島佑子──寵児　石原千秋──解／与那覇恵子－年
津島佑子──山を走る女　星野智幸──解／与那覇恵子－年
津島佑子──あまりに野蛮な 上・下　堀江敏幸──解／与那覇恵子－年
津島佑子──ヤマネコ・ドーム　安藤礼二──解／与那覇恵子－年
坪内祐三──慶応三年生まれ　七人の旋毛曲り 漱石・外骨・熊楠・露伴・子規・紅葉・緑雨とその時代　森山裕之──解／佐久間文子－年
鶴見俊輔──埴谷雄高　加藤典洋──解／編集部───年
寺田寅彦──寺田寅彦セレクション Ⅰ 千葉俊二・細川光洋選　千葉俊二──解／永橋禎子──年